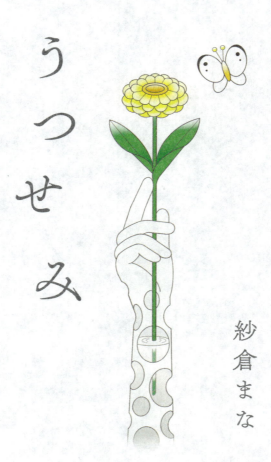

うつせみ

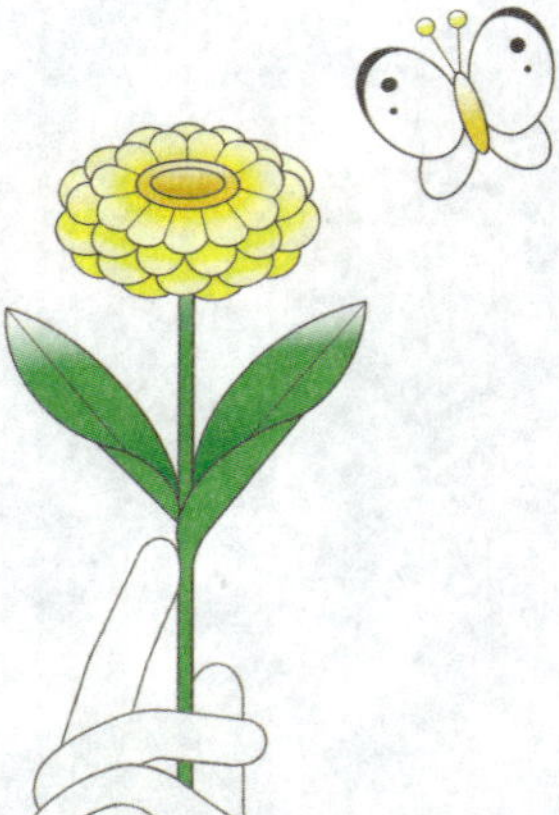

紗倉まな

講談社

うつせみ

装画　春日井さゆり
装幀　大久保伸子

生まれるものよりも焼かれるものの多い街で、ばあちゃんが失踪した。よく晴れた春の日に姿を消して、しばらく家に戻らなかった。小さな街だったので噂は神輿《みこし》のように辺りをめぐった。え、ボケちゃった？　徘徊？　攫《さら》われたとか？　でもあの年で誰が何のために？　まあ見境のない犯人だっているだろうし。ねえ、土手に転がってたりとかそんなオチない？

一週間後、目深に帽子をかぶり、豆腐屋の前をよたよたと通り過ぎようとしていたばあちゃんは、近所のタクボさんにしれっと拘束された。輪郭形成による顔の腫れが収まるまで、東京の美容外科が提携しているビジネスホテルで療養していたことを、ばあちゃんは嗚咽《おえつ》しながら語った。実際は嗚咽したのではなく、骨格を削ったせいで、口が指一本分も開かなかったのだったが、顎から頭頂部にかけて巻き付けた圧迫バンドからは肉がもれ、なんだかシュウマイが顔の周りにいくつもくっついているようだった。

その後も思ったようには腫れが引かず、ばあちゃんはそんな状態であっても圧迫バンドを着用したまま電車に乗り込み、美容外科に足繁く通院した。「あと一ヵ月で効果が出てきますよ」と執刀医はやわらかな物腰で対応したが、それでも不安が拭えないばあちゃんは通いつづけた。「落ち着くまでにはどうしても三ヵ月はかかりますね」と雲行きが怪しくなって、「だって骨を削っているんですよ？　大手術なんですから、すぐに完成というわけにはいかないですよ。一年はかかりますよ」と強引に説き伏せられた。それで、ひきつれを予防する薬を大量に出されると、ばあちゃんは動揺したらしく、悲観的になり、家に籠《こも》りっきりになってしまった。ひきつれはすでに起こっていたので、薬を飲んでも、ばあちゃんの見た目は特に何も変わらなかった。辰子《たつこ》が二十歳の時のことだった。

「七十過ぎてやることかね？」

母は馬鹿にしたように笑った。

家族会議と銘打ってばあちゃん宅に集結したばあちゃんの娘二人、孫二人は、最初こそ年齢に似合わないばあちゃんの奇天烈《きてれつ》な行動をどう正すべきかと、話の着地点を見つけようとしていた。が、次第にばあちゃんの整形など今に始まったことではない、男好きな婆が時間を持て余して美容に執着しているだけだ、皮膚を切ったり顔を持ち上げたり、図画工作のような手軽さで何度も大工事は行われてきたのだから、この際失踪したことなどどうでもいいのではないか……と尻すぼみになった。最後は別の話題から勃発したささやかな喧嘩によって、家族が一致団結することはなく、これも今に始まった事ではないのだが、後味の悪いまま家族会議は幕を下ろした。

たしかにばあちゃんの顔や体は、常にどこかが腫れていて、全身のバランスが悪く見えた。ばあちゃんが腫れている様には、未完成の絵のように、なんだか見てはいけないものを見てしまったような気まずさがあった。

十年前。いじることの始まりは足だった。皮膚に穴をあけて棒を突っ込み、年代物の脂肪をぎゅんぎゅんと吸引棒に吸わせた。ばあちゃんの年齢であっても、体はすぐに回復への準備を始めた。人間の治癒力というのは優秀だと唸らざるを得ない。取り除いた脂肪の間を新しい組織が埋め始めて、次第にその箇所が元に戻るにつれて硬くなっていく。年季の入ったばあちゃんの足には、ぽこぽこと無数の小さな円球が浮き上がり硬さを増していった。その翌年には、ばあちゃんは顔の中に糸を入れて皮膚を吊り上げ、瓢簞《ひょうたん》だった顔を瓜実顔《うりざね》へと引き締めた。冷凍食品を腫れた顔に押し付けて、冷やしているばあちゃんの手は、そうでなくともいつも冷たかった。

近所の子供たちに「化け物」と呼ばれ始めたのもこの頃だ。

ばあちゃんの家の前で子供たちがたむろしているのをよく見かけた。肝試しをするように、門扉の前でいつばあちゃんが出てくるかと窺いながら、子供たちは毎日少しずつメンバーを変えて待機していた。「見たことないの？　かなりヤバイよ」と一人が大きな声を張り上げて両手を上げ、頬を膨らませて白目を剝くと、「やばすぎじゃん！」と笑いの渦が巻き起こる。しかしダウンタイム中の鬱屈としたばあちゃんが外に出ることなど稀だったので、根比べの末、彼らの目的が叶うことはほぼなかった。

「いつか元に戻るから頑張って」

痛みと腫れに耐えているばあちゃんを、あまり興味のない箱根駅伝を眺めているときのように辰子は応援した。しかしばあちゃんは苦い顔をして、分厚いため息を吐くだけだった。

「バカね。戻ってしまったら変えた意味がないじゃない」

身体の至る所にできた痣《あざ》は、赤くなり、茶色くなり、そのうち黒くなっていった。生きている時から、ばあちゃんは燃えているみたいに常に変色していた。

辰子は鏡の前に立って、右手を顔の右半分に、次に左手を顔の左半分にかぶせて、左右の顔を交互に比べあう。いつもと同じ顔を見ているはずなのに、全く違う人間が二人いるみたいだった。特に右側は、人相が悪く見える気がする。目じりが左よりも吊り上がっていて、カラーコンタクトをはめ込んでいない瞳は三白眼が鋭く光る。左側は二重の幅が右目よりも少しだけ広く、その部分だけを凝視するとどこか眠たげな印象を放つ。つまりどちらかが歪んでいることになるのだが、右と左、どちらが本来の軸になるべき顔なのかはわからない。手を離すと、なんだかまとまっておさまりがいいような気がするものの、顔の中心に一直線に線を下ろして折り畳むと、その端と端は重ならない。

そもそも美人とは、この端と端がぴったり重なる顔の持ち主のことを言うらしい。テレビ番組で、世の中にいる人間の顔を現代技術のどうにかこうにかによって掻き集めてトレースし、その人数分で割った平均の顔たるものが画面に映し出された。たしかに整っていて美しいのだが、どこか見覚えのある、ありきたりな顔にも見えた。

ばあちゃんの目指す先にあるのは、この顔だったのかもしれない。歪みは日常に支障をきたして、初めて意識するものである。辰子には、さしてこの歪みは気にならない。

ビニール袋を二つ手に提げた純矢《じゅんや》が、

「この間、初めてヒッチハイクに遭ったんだけど」

と、二階にある辰子の部屋に入るなり言った。

純矢は母の妹の息子で、辰子より五つ歳上の従兄弟にあたる。ばあちゃんの家でこき使われた帰り道らしく、ドウモーと玄関扉を開けて叫ぶと一直線に部屋までやってきた。純矢の実家と辰子の実家は歩いて十五分圏内にあり、川沿いの辰子の家の方がばあちゃんの家から近い。「遭った、って乗られる側ってこと?」と訊くと、そうそう、と純矢が頷いた。

「その男の子が横浜に住んでいるYouTubeの配信者らしくて、ヒッチハイク許してくれる優しい人がいた〜って配信で流したいから撮ってもいいですか?って。ダッシュボードの上にスマホ置いてさ。あんまりカメラ気にしないようにしてたんだけど、俺、やっぱりチラチラ見ちゃった」

「ふうん」

「それで色々話聞いてたら、その子の旅路がかなりやばくて」

「なにがやばいの？」

「掘られたんだって。ヒッチハイクをOKしてくれた人に」

「キツイねそれは」

「なんか色々と苦労しているみたいだし、俺、今度横浜に行くから奢ってやるよ、って言って連絡先交換して別れて。一ヵ月くらい経ってからメッセージきてさ。それで行ったのよサイゼに」

「ちょっとケチじゃん」

「まあまあ」大柄な純矢が床に胡座《あぐら》をかいて座ると、一気に部屋が狭く感じられる。

「そいつにさ、友達連れてっていいっすか？　って聞かれたから全然いいよって返したんだけどさ。普通一人か、いやせいぜい二人とかじゃん？　それがさ、サイゼ行ったら五人くらいいたのよ。女の子が」

知らない女の子五人としばらくハーレム状態のドリンクバータイムが続き、

そのヒッチハイクで出会った男の子がようやく到着したのは純矢と待ち合わせた時間の三十分後のことだったという。その上、背後にはゾロゾロと男の子を引き連れており、ボックス席を二つ占める人数になった。

「はめられたわけだ」

「てかさ、見知らぬおっさんが傍にいる合コンって楽しいの?」

話に区切りがつくと純矢は、ずっと持ったままだったビニール袋の中に手を突っ込み、パンを一つ取り出して辰子の方へ、ほいっと投げた。駅の近くに割と最近できたパン屋で、今晩用と明日の朝食用と、計六つも買ったのだと言った。純矢はカレーパンを食べている。

「そういえばばあちゃん、なんか母さんたちにコペン売られたらしいよ」

「え、そうなの?」

愛車でもあった緑色のコペンは、足腰が悪くなったばあちゃんの唯一の足だった。代わりにあてがわれた屋根のついていないトゥクトゥクみたいな簡素な乗り物はスズキのセニアカーで、ばあちゃんは生きることの全てを取り上げられたみたいにひしゃげてしまったらしい。本人の許可なく勝手に売るっていうこと自体が酷い、それに私はちゃんと運転ができると、主にこの二点について言葉を変えながら懸命に訴えるばあちゃんからは、生きる熱量めいたものが湧き出ていて正直びっくりした、と純矢が言う。ばあちゃんにもまだこういう、これだけは譲れないってことの一つや二つ、あったんだなあって。

「だから未だになんか揉めてるらしいよ、あの界隈は」

「そりゃそうでしょ。当然というか」

「あー、でも結局負担が増えるのは俺なんだよな。それを免罪符にしてまたばあちゃんにこき使われるのは結局、俺」

それから純矢は、俺がー、俺がー、と嘆き、近況を話し始め、いくつかの脱線があった後、純矢の母が勤めている配送会社の若い女性社員の子と今度デートする、と言って鼻を膨らませた。親から紹介された人と会うなんて恥ずかしくないの。そう言いかけたものの辰子は喉元に蓋《ふた》をする。駅前にある小さな老舗不動産屋に勤める純矢に、気が晴れるような出会いはない。

「辰ちゃんさ、俺、何か直した方がいいとこあるかなあ？」

純矢の曇ったメガネが室内の光を反射して白く光った。

「そのメガネ拭いた方がいいんじゃない？　いつも汚れてるし」

「ああそっか、そうだよな。女子の意見は参考になるな、やっぱ」

「清潔感って大事だから」

純矢はしきりに頷いてから「ちゃんとするわ、そのへんも」と残りのカレーパンを一口でいった。

純矢は昔、美少年枠に入るほど顔立ちが整っていたが、どうしてか今では面影が一切ない。背は伸びたものの、それに合わせて顔も引き伸ばされたのか、はっきりとしていた顔のパーツの印象が薄れ、二重は一重になり、鼻筋もなくなり、というよりもそもそも鼻自体が押しつぶされたように低くなり、度の強い眼鏡と捲《まく》し立てるような口調も相まって、どこか冴えない雰囲気をたたえるようになった。今日は仕事の後、ばあちゃん宅に寄り、掃除をしやすいように神棚を床に下ろす手伝いをし、頼まれていた生活用品と食品の買い出しをして送り届けてから、辰子の家に立ち寄ったらしい。

「ばあちゃんの墓問題どうするんだろうな」

パンが入っていた袋を、純矢が床で小さな三角に折っている。

ばあちゃんが貰い子であることは、辰子が幼い頃、母から説明を受けていた。

その母もまた、ばあちゃん自身から同じように説明を受けてきたという。最近になって、ばあちゃんがなぜか「自分は外国から盗まれてきた人間なのかもしれない」と繁く口にするようになったことで、墓問題が勃発した。しかしばあちゃんの母ソノが、近隣にある児童養護施設から赤ん坊の頃のばあちゃんを引き取った事実以外、残っている情報はなく、それ以上の過去を遡ることはできずにいた。七十年以上前の当時にしては珍しく、ソノはばあちゃんが貰い子であることを周囲に隠さずに伝え、堂々と立ち振る舞ったと聞いている。以前、「じゃあ、ばあちゃんが誰の子供かは本当にわからないんだ」と辰子が尋ねると、口を真一文字にして母が頷いた。

誕生日は適当に施設で決められたものだからと、ばあちゃんはその日を祝われることを露骨に嫌がった。チョコレートで名前がペイントされたケーキが用意されてもいっさい口をつけず、辰子と純矢が喜んでそれのほとんどを平らげた。横にいたばあちゃんは食べもしないのに「こんな甘ったるいものは暴力でしかない」と文句を垂れる。何度も、何度も。

自分が一体何者なのかという、誰にも問いただせない真実に向き合うことが晩年のばあちゃんのテーマに据えられたらしく、最近、そのことをあらゆる話題に強引につなげて主張するようになった。ばあちゃんは七十九歳で、まだその話も早いような気はするのだが、先立ってしまった祖父と同じ墓に入るのは嫌だと頑として言い張っている。

純矢が、「顔変わったばあちゃんが墓入っても、じいちゃん驚くだけだもんな」とぼやいた。

「てか、何年か前に生前葬してなかったっけ？　あれ、勘違い？」

「まあその辺はいいんだけど、俺、なんか最近ばあちゃんに八つ当たりされてるみたいでしんどいよ」

「そうかな」

「そうだよ。辰ちゃんはいいよな。大事にされて。俺、ばあちゃんにまた辰ちゃんのグラビアが掲載されている雑誌がないかチェックしてこいって言われてさ、コンビニ回ったんだぜ」

足が痺れた、と言いながら純矢が巨体を持ち上げてのっそりと立つと、天井に頭が届きそうだ。皺のよった紺色のスーツが、そのまま純矢の疲弊を物語っているような気がした。

「男好きなはずなのにね、ばあちゃん」

「俺は対象外みたい。じゃあ」と言って、純矢は一直線に階段を降りて玄関まで向かう。扉が開いて閉まるまでの軋《きし》んだ音が、階下から遅れて聞こえてくる。

辰子の手に残されたパンは、生地がツイストされ砂糖がちりばめられていて、ずいぶん甘かった。

＊

傾き始めた日脚が川を舐めて光っている。

てろてろと流れていく水流は長い葦に囲まれたことで川としての輪郭を得て、湾曲しながら橋架の下に潜っている。犬を散歩している中年男性と、自転車に乗った老人が辰子の横を通り過ぎるだけで、人気はほとんどない。晴れてはいるものの、進行方向の東に進むにつれて、分厚い曇り空が晴れた空との境目を見せながら広がっている。

純矢から「コロナになった」と連絡がきたのは三日前だった。代わりにばあちゃんの買い物に遣わされた帰り道、なんとなく川を見たくなって、自転車の向きを変えて辰子は堤防を上がり遊歩道を走っている。川はこの先、県境を流れながらさらに太く広がって海に繋がる。サイクリングロードとして定評がある遊歩道は大人三人が並んで歩けるほどの幅があって、しばらく進むと河川敷の草叢《くさむら》が視界いっぱいに広がり、草の青い匂いが強くなる。

昔、ここには放牧された牛が数頭いた。

父が購入したての軽量型のスポーツ自転車に気分を良くして、幼い辰子をサイクリングに誘う時に、「風景の一部にさりげなく牛がいるんだぞ、すげえよな」とよく繰り返した。しかし、首を傾げて適当に相槌を打つ辰子に愛想が尽きたのか、父は怒りを含んだような溜め息を交えながら「……なんだろうな」と辰子を見下ろした。

「どうして辰子は、感動を引き寄せることができないんだろうな」

父はそう言いながらも、サドルの調節をする手を止めなかった。

今、辰子は河川敷に下りて、乾いた土を足のつま先でほじくるようにして蹴っている。一部、円形に草が抜けてしまった平地に掲示板が立っていた。ジップラインで負傷した児童がいたことを詫びた記載の上に、撤去作業の案内が書いてある。謝罪のために持っていく菓子折りのような、形だけの申し訳なさで設置されたベンチが空き地に二つ置いてあるばかりで、ジップラインは既に撤去された後だった。対岸にあるグラウンドのサッカーゴールはポストが赤茶色に錆びたまま、流れてくる風を健気に受け続けている。子供がサッカーをして滑って転んでゴールの鉄枠に頭をぶつけたとしてもゴールが撤去されることはないが、ジップラインは暴力的であるとみなされて解体され、トラックで運び出されてしまう。

十六年前、この河川敷は大きな遊具の置かれた広場だった。短い距離のジップラインがあって、その下には安全対策用の緑色のネットが張られていた。

満々と水をたたえた川の水面が陽光を照り返して、高台に立つ五歳の辰子の顔を射る。太陽に向かって顔を突き出し、瞼《まぶた》の裏で起こる色の変化を見るのが辰子は好きだった。ぎゅっと力を籠めてみると、一瞬にして暖かな色が黒と入り交じり、力を緩めると太陽が溶けて滲みだす。

辰子がジップラインのロープを身に引き寄せた直後、背中に強く叩かれた衝撃が走り、振りむいた。

……何？

いつの間にか真後ろに立っていた子供と、目があった。

その目は分厚い瞼に覆われていて細かな感情が読み取れない、薄い顔立ちの子供だった。

……不細工だなあ。

辰子は、その顔を凝視して、しみじみとそう思った。

ジップラインの乗り場の下でこちらを仰ぎ見ているその不細工な子の親は、酸っぱいものを口にしたときのような微笑みを投げかけながら、我が子を見守っていた。ちゅぱちゅぱと唾を絡めた話し方で「気をつけてねえ」と一声発して。辰子がその子供に今、権利を奪い取られかけていることにまるで気がついていないのか、もしくは気づいていても年下の子を優先するべきだと、当然のように考えているのかもしれない。

子供はロープをその身に引き寄せると、ピシピシと辰子の腕を叩いた。

辰子の掌が反射的に持ち上げられたのは、その時だった。

子供の頬に届き、ぺしっと乾いた音が響くと、柔らかくて心許ない感触と快感が手のひらに押し寄せるように伝わり、あっ、と痺れた。

子供の表情が固まった。

全方位から鼻に向けて、何かを押し当てられたように顔が徐々に歪んでいく。泣く少し手前の顔だ。

子供は母親とオーディエンスを探しながら、まんべんなくその表情を辺りに巡らせて主張している。辰子。それからオーディエンス。それから辰子。こいつがやったのだ、と告げる動作。辰子が握りしめたロープを子供が横から摑もうとする勢いは更に猛々しくなり、喚きながら揺さぶり続けた。

辰子の足は次に、自然に床を蹴り、空気を裂き、子供の腰に届いた。

子供はタップダンスを踏むようによろけて、そのままひゅるりと緑色のネットに落ちていった。

ネットは沈んだが地面に付くことはなかったので、辰子は安心してその様子を見下ろしていた。跳ね返った子供はバウンドしながらも呆然としていたが、次第に甲高い泣き声が強まっていった。涙が頬を伝い、四方八方に散らばる。子供の母親は少しの時差を以て悲鳴に近い声を発しながら走り寄り、幼児を抱え、辰子を睨《ね》めつけた。母親の瞼も分厚く、また既に泣きはらしたみたいな顔だったから、確かにこの子供の親であるのだと辰子にはよくわかった。

「何考えてるの、ねえ？　何してんのあんた、ねえ！」

その母親は子供の頭を胸に押し当てるのをやめて立ち上がり、猛烈な勢いで乗り場に上がり辰子の肩を両手で摑むと、強く揺すった。

辰子は、首がもげそうになりながら、揺れる空を見つめた。青く透き通っていて雲一つなかったから、辰子自身も透き通る思いで空を眺めることができた。瞼を閉じて力を籠める。血の色をすかしていた橙色が黒に変わり、急激に眠たくなった。瞼を開くと目の端に、こちらに向かって慌てて走ってくる父の姿が見えた。

「なんでちゃんと見てないの？」

家に帰ると辰子の母は眉間に皺を寄せ、父の監督不行き届きを、その一言で問い詰めた。その頃の母は切り揃えられた重い前髪がちょうど眉毛にのっかって、一本につながっているように見えておかしかった。眉毛と繋がってる、と言って辰子がよく笑うから、母もなんとなしにその髪型をオーダーするようになっていたのだ。

「だから、気づいたときには既に辰子が赤べこみたいになってたんだって。一瞬だったんだからさ」

「相手は？」

「知らない子だよ」

「違う。男の子、女の子？」

「え、男の子……」

父は拍子抜けしたように言った。

「ああ、まあいっか、それなら」

母はそう言ったきり黙って、辰子に向けて首を傾げると、心配したような、怒っているような表情を咄嗟《とっさ》につくろって言い放った。

「やめなさい。あんたが顔に傷でもつけられたら大変なんだから」

「別にいいよ、傷なんて」

「絶対にダメ。女の子は顔が命なんだから。傷がつくのだけは本当に、ダメ」

「ふうん」

「価値が、下がる」

……へえ。

そうなんだ。

知らなかった。

辰子は、それをきっかけに自分の姿を鏡で見るようになった。

自分の顔に傷がつくことなど、今後一切起き得ないと思っていた。たとえ顔に傷がついたところで、辰子はどうも思わないはずだった。その頃は、顔の真ん中を一直線で分けた左右の表情は、歪んでいなかった。それは辰子が、自分の表情を左右で比べることがなかったからだ。全てのパーツが小ぶりでぼんやりとした顔の、五歳の辰子が、そのふくよかで赤みのさした頬を両手で包む姿が、鏡に映っているだけだった。

大人になった二十一歳の辰子は、河川敷の土をほじくるのをやめ、鼻歌を歌いながら階段を登って遊歩道へと戻り、草を踏み潰してできた小道を抜けて、住宅街側へと降りた。堤防は屋根よりも随分と高くつくられているので、直線状にその深い影が落ちて、少し汗ばんでいた体を冷やした。

祠《ほこら》がある。

立ち止まる。

いつもそうしていたように。

ばあちゃんの祈りはくどかったので、よく覚えている。連れ立って散歩をしている道中、ばあちゃんは何度も街中にある祠の前に立ち止まっては手を合わせ、祠のみならず地蔵でも構わず手を合わせた。一日のうち、何回も腰を曲げてお参りをするので、祈りを分散させているのか、毎回全力で祈りを出し切っているのかはわからず、何かにすがる姿は辰子の目にはどこか媚びて映るほどだった。

江戸時代にこの川を船で往復する際に、船員は船の上から高台に祀《まつ》られた水神様に向かって無事を願ったそうだ。川の流れは一定ではなく、風は人の都合に合わせて吹いてなどくれないのだから、水路を往復するといった単純なことであっても、時間の調整をつけることが難しく、また命がけだったのだとばあちゃんが教えてくれた。石垣の上や橋の袂、私有地にも小さな水神様がちらほらと残っているが、どれが御本社なのかはわからない。今、辰子の目の前にある祠は、黴がところどころに生えた小さな賽銭箱が置かれていなければ、見落とされてしまいそうなささやかさで置かれていた。外から南京錠がかけられているので、目を細めて板の隙間から中を窺う。切り取られた暗闇の中にぼんやりと丸っこいシルエットが浮かんでいる。外のほうが明るいのだから、見られているのはどちらかというと辰子の方だった。

ばあちゃん宅は、川から少し北東へ進んだ丘の上にあった。

三つの河川に囲まれたこの街は、攻め込まれづらいということで名高い大名がこぞって欲したという。小麦やら米やらの潤沢な生活物資を江戸へと届ける水運の要所としても栄えた。

明治以降、醬油産業が発達し、一気にこの街には工場が立ち並ぶようになる。街は活気に満ち、川は人々の身体を洗い流し、懐《ふところ》を潤し続けた。

辰子は、痩せた川を見て育った。搾り取られるだけ取られた後の、おこぼれみたいな川だった。ばあちゃんが子供の頃には飲めるほど川の水が澄んでいて、当時は洗濯も捗ったという。でも、ばあちゃんが語るその頃の記憶は髪の毛みたいに少しずつ抜け落ちていて、輪郭が朧げだ。

坂を下ると更地に選挙カーが数台置いてあって、隣は選挙事務所なのか、プレハブのような簡易的な作りで、道路に向かって黄色の旗が等間隔になびいていた。よじれた旗が風で戻っても、プリントされた文字はわからなかった。

＊

大宮で、東武野田線から湘南新宿ラインに乗りつぐ。

空いている車内で腰掛けながら、辰子は黒く沈んだスマホの画面を鏡にして前髪を整え、塗布した日焼け止めがよれてしまった小鼻周りを指先で伸ばす。そのまま、顔を這うようにして指が動く。瞼に触れた指先には、柔らかい感触は返ってこない。

辰子は二重ではあるものの幅を揃えるべく、アイプチを繰り返していた。今のところ、なんとか同じ幅に保てている。糊をたっぷり載せられて、夜に拭われても朝にはまた稼働させられる疲弊した瞼は、かさぶためいた硬さになっている。

事務所のボスの亜美さんから「さっさと埋没やっちゃえばいいのに」と少し呆れて提言されたものの、目を開けたまま施術が行われると聞いて、そんな怖いことに耐えられる自信のない辰子は渋っていた。

辰子は月に数回、新宿のスタジオへと向かう。千葉県の実家からだと一時間半ほどで着く。往復がしんどい時は仕事を数日にまとめてもらい、渋谷にある事務所のワンルームの寮に泊まる。出稼ぎみたい、と時々思う。壁もカーペットもカーテンも白で統一され、フランフランの家具で揃えられた事務所の寮は、いつも誰かの香水の匂いが強く残っていた。

　はなから、グラビアアイドルになりたかったわけではなかった。気まぐれに、適当にSNSに写真をアップしていたらライバー事務所からDMが届いた。胡散臭《うさん》い、としばらくの間はメッセージを非表示にしていたものの、再度連絡がきてやりとりを始めた。自分に果たして需要があるのかはわからなかったが、ネットで見つけて応募するバイトよりも、金銭的な部分ではよっぽど効率的に思えた。その頃、十九歳の辰子は大学に進学することもなく無職だった。焦りこそしないものの、社会とのつながりが断絶された空間に身を置き続けることがよくないともわかっていた。認知度を上げるためにまずは先行でグラドルをしたら箔がつくかもね、と初対面の亜美さんから提案されたのは、メッセージで指定された松濤の一画にある事務所に面接をしに行った時だった。切り揃えたボブにワンレンの前髪が垂れ、華奢な骨格を有する亜美さんにドンという風情はなかったものの、発せられる一言一言の声の通りの良さから、人を指導することに慣れていることがわかった。

長い電車移動で手持無沙汰になると、辰子はふと思い出した人々の名前を、さしたる意図もなく無作為に検索エンジンに叩きいれる。二度と会うこともないのだし、現在を知って気が晴れるわけでもないのだが、彼らはところどころ虫食いのような空白を保っていて、時間を潰せるのだった。

その流れでふと、ミツイさんのことを思い出した。ミツイノブヒロ。信宏、信弘、信博、修宏、亘啓、亘弘……いや、そもそもが三井だったか、満井の方だったか。虱《しらみ》潰しに変換を組み替えて打ち込んでいく。

ミツイさんは三年前まで働いていたバイト先で一緒だった人だ。ショッピングモールの一階の入り口のすぐそばの角にあった、和食屋「たまとじ」で出会った。

平日の夕方、「TAMATOZI」とテープで印字されたウインドウから、真向いのフードコートで学生たちがアイスクリームのカップを片手に談笑している様子がよく見えた。十八歳の辰子は、ドリンクバーに並んだ何の模様も施されていないグラスの向きを、こちらの方が前らしいという漠然とした勘を頼りに、しきりに直していた。

たまとじには「チンコ」から客が流れてきていた。「チンコ」は道路を隔てたはすかいにある古びたパチンコ店のことだ。ちかちかと節操なく光る看板の「パ」の部分が消えてしまっているせいで「チンコ」だけが煌《きら》めいていた。長いこと看板の不備は放置されていたが、広々とした駐車場には毎日数台の車が吸い込まれていった。その中には、父もいた。我が家に積み重なっている駄菓子を戦利品と称する父は、一年後、肺癌で亡くなった。

その日も、辰子は「チンコ」から流れてきた酔っ払った中年男性に捕まった。

パチンコ店から出て、車の往来の少ない国道を渡り、迷いもなく目の前の「たまとじ」にずかずかと入ってきた男は席に着いて間も無く、辰子の頭からつま先までじろじろと遠慮なく視線を這わせて、「あれ」とぶっきらぼうに告げる。

辰子は黙ったまま立っていた。

タッ！　と滑舌の良い舌打ちを中年男はひとつ鳴らして、眉を顰《ひそ》めると、「だから、ビール！」と叫んだ。

やる気あるのかお前は、と続いた男の怒声を浴びて、辰子は慌ててオーダーを打ち込むと、そのままビールサーバーへとまっすぐに向かう。

その男との因縁は二ヵ月ほど続いていた。ジョッキの上から三分の一ほどの泡を立てることが辰子にはうまくできなかった。サーバーからジョッキいっぱいに満たされるという寸前になって、溢れないギリギリの鈍角にジョッキを傾けるのがうまくいかず、今日も薄い泡の層が浮かんでいるビールをつくってしまった。それを提供された男は怒り、張り上げられた罵声と共にジョッキは床に叩きつけられ、辰子の臙脂色のエプロンに濃くて大きなシミを作った。恋人でも家族でもない、何の縁もない他者に向かって怒りをぶちまけた男は「どうするんだよ、お前」と顔を赤らめ、震え声で辰子を詰る。男性が勃起した瞬間を初めて目の前で見たときのことを、辰子はふと思い出した。膨れ上がって赤くなり、触れるのに躊躇《ちゅうちょ》する。

「こんなしけたもん飲ませようとすんじゃねえよ」

口の端に泡を作ったまま男は叫んだ。辰子は店内を旋回するように歩き、ドリンクバーのキッチンクロスを手に取って、男に差し出した。

男は少し黙っていたが、

「……お前、馬鹿なの？」

と言ったきり、突っ立っている。

それで、辰子はしかたなしに腰を屈めて、男の靴にかかったビールを拭き始める。男の足からは雨の後の乾ききっていないアスファルトの路面のような臭いが立ち上がって、その痛烈さに鼻の奥が痛んだ。

そのとき、パートのみなこさんがフロアにやってきて、すみませーん、と適当な口調で男に謝り、もういいから洗い場へ戻って、と辰子へ顎をしゃくった。みなこさんの片手にはモップがあった。

洗い場では大型食器洗浄乾燥機がぶるぶる唸っていた。水は泡をまじえた細い小さな川となって床を流れていく。見るともなしに眺めていると「好かれちゃってるよね、あの人に」と声をかけられ、辰子は顔をもたげる。ミツイさんが流しの前に立ってこちらを見ていた。

「ぜったい、あんたのいる時間を狙ってきてるよね。だって休日は絶対に来ないしさ」

ミツイさんにはどうやらあの男性客と辰子のやり取りを、半ば楽しんでいるような向きがあった。

「やばい奴に好かれる人っているよね。ストーカー被害に遭うとかさ、痴漢の対象にされやすいとかさ、引き付けるっていうか、引き当てる人いるじゃん」

黙っていると、ミツイさんは語尾を上げた潑剌とした口調のまま、こう続けた。

「なんかさあ、殺人とかのニュース見てるといつもあんたのこと思い出すんだよなあ。変な恨みを一方的に買って刺されたりしそうだなって。それって才能だよ、才能」

辰子は笑った。

「ミツイさんはそういう時、傍観してそうですよね」

今度は、ミツイさんが鼻で笑った。ミツイさんは冷笑しながらもどことなく楽しそうだ。ミツイさんは調理も接客もレジの精算も滞りなく済ませ、客を逆撫ですることも不快にさせる素振りも何一つせず、たまとじで采配を振って都合よく消費されている万能なバイトリーダーだった。ミツイさんから話しかけられ、会話のラリーが続きそうなこの初めての状況に、だから辰子は密かに高揚していた。あのミツイさんと今、会話している。ミツイさんが、私に興味を持ってくれている。

「てかさ、これからどうすんの？　ずっとここでバイト続けるの？」

「ですかねえ」

ミツイさんは熱した鉄板に水を入れ、ヘラのようなもので汚れをこそいでいた。ミツイさんの顔は立ち上る白い水蒸気に覆われて、どのような表情をしているのかはわからない。

「てか布巾もグラスもさ、時間をとられる作業じゃないんだからさ、別のことやってくれない」

「別のことってなんですか」

「自分で探しなよ」

洗い場に張られたリノリウムの床を、水は小さな渦を巻きながら流れていった。ウミネコのみゃあみゃあという赤ん坊のような鳴き声が頭の奥で聞こえた気がした。ウミネコは毎年、このショッピングモールの屋根の上で枯草を集めて毬藻《まりも》のような巣を作り、子育てをしては代を替えて住み着いていた。ミツイさんが鄙《ひな》びたショッピングモールの一角で保っている安定も、案外心地好いものなのかもしれない。「でもさ、それでいいの?」ミツイさんが唐突に言った。「そのままだと今後は生きていけないっしょ? 変わったほうがいいよ。絶対」

なかなか取れない汚れがあるのか、ミツイさんは熱心に鉄板をこすっている。

「ミツイさん」

「なに」

「なんか私、毎日が痛いんです」

なにそれ。ミツイさんは顔を上げ、気持ち悪いものを見たように表情を歪めた。

その後ミツイさんは黙ってしまい、思ったような会話は続かなかった。

「勤務態度、持て余しているように見えるってミツイ君が言っているのね」

そう告げられたのは、ミツイさんと初めて長く喋った数日後のことだった。

「いつも、同じことをして時間を潰しているって。オーダーミスして厨房に通せていないことも多いでしょ。お客さんともよく揉めるし。そのせいで、調理に集中できないって、ミツイ君が言っているのね」

店長は困ったように、テーブルの真向かいにいる辰子を見つめた。

辰子は、たまとじの目の前にあるフードコートのアイスクリーム屋もクビになったことがある。うまく蜷局《とぐろ》を巻けず、牡丹餅みたいな様相を呈したソフトクリームを、ＪＫたちが携帯のカメラを向けて連写していた。ヤバイこれ、事故じゃん、と初めこそＪＫたちもウケていたが、そのうち「おい作り直せよ」と喧嘩腰に切り替わった。

ミツイさんと同じ表情を見せる大人が、辰子の周りにはたくさんいた。

しかしミツイさんの連絡先はとうに消してしまっているせいで、正確な漢字表記で検索することができない。

電車の目の前の席に座っている女性は抱えたマリメッコのトートバッグから、折り畳み傘を取り出してあわてて降りていった。窓の外を見ると、小雨が降り注いでいる。

ミストシャワーみたいで、あたったら気持ちよさそうな、柔らかい雨だった。

＊

三年前のあの時、またクビになった、とたまとじのバイトから帰ってきた辰子が、ことの経緯を語ると、ばあちゃんは「あら」と首を捻って聞いているだけだった。

だからまさか、ビールサーバーが突如ばあちゃん宅に届くとは思わず、辰子は驚いた。

純矢に頼んでAmazonで購入したというもので、たまとじで使っている業務用のものと比べると随分と小ぶりのサイズだけれど、電子レンジの横に置かれた黒光りするそれは、手狭な台所の中にあまりにも溶け込んでいない。

「ばあちゃんってビール好きだったっけ」辰子はばあちゃんの様子を窺うように尋ねた。

「入れてくれたら飲むわよ」

「いいの？　こんな豪勢な。てかバイト、辞めたのに。別にいいのに、そんな」

辰子は戸惑いながら言葉を発した。

「いいの。あなたの、折り合いのためにね」

「折り合い」辰子は復唱した。

「あなたはできることがあるのに、できないことばかりしているって、そう思わない?」

「思わない」辰子は顔を伏せた。「できないことしか、ない」黒光りするビールサーバーが、まるで自分自身のようだと辰子は思う。どうしても周りに馴染むことのできない、同調し合うことのできない、異質な存在。どかんと家の中に鎮座するビールサーバーの輪郭を目でなぞる。

「そう思っていてもいいけど」ばあちゃんは少し間を置くと、でもね、と続けた。

「でも、練習すればできるようになることがあるってことも、知っておいた方がいいんじゃない?」

ばあちゃんは昔使っていたビールグラスを食器棚の奥から取り出し、辰子は取扱説明書を開いて横に置き、グラスを注ぎ口に近づけて電源を入れた。勢いよく出る黄金の液体を注ぎ、いっぱいになる直前にグラスが真っ直ぐになるように手首を捻る。

その都度、ばあちゃんが飲み干した。

わんこそばのように続くそのラリーが、なんとなくおかしくなって、何回も繰り返していると「溺れ死にそう」とばあちゃんが口の端の泡を飛ばしながら笑った。

「酔っ払っちゃうでしょ」

「そりゃ酔っ払うわよお、でもいい感じよお、泡」

辰子は改めて、片手でグラスを持ったまま一点を見つめるばあちゃんを見た。思えば、母とも似ていないし、私と似ているとも思えない。笑い皺がくっきりと刻まれた頬は、やさしく垂れていた。

その垂れている頬が、辰子は好きだった。

家に帰って事の経緯を母に伝えると、ばあちゃんを殺す気なのあんたは、と強い口調で叱られた。しかしどうしてか母の顔は緩んでいて、「バカだねえ」

と嬉しそうに笑っている母は、顔に傷をつけずに帰ってきた五歳の頃の辰子を見遣った時と同じように、少し安堵した様子だった。

＊

「これ酷くない？」

生地の分厚いガウンのポケットに突っ込まれていたスマホを取り出すと、みぞれちゃんが新しく出した写真集のレビューを、辰子に見せてきた。

熱心にスクロールし、スマホの画面をスクショして保存している。仮にヒートアップした書き込みが増えた際、法的に措置を取るために必要かもしれないからと、みぞれちゃんはスクショをフォルダにまとめていた。みぞれちゃんの写真集について書き込まれたコメントは、画面に目の焦点が合う前からその酷さがわかった。黒く固まった発光する文字の集合体に、目が焼けるように痺れる。

「斜視、コンプレックスなんだよね」

　みぞれちゃんは目頭を指先でひっかいた。ミステリアスな雰囲気をたたえているせいか、つい目で追ってしまう。みぞれちゃんと辰子は、デビューした時期も事務所も同じだったが、メディアの露出などはみぞれちゃんの方が断然多かった。

　こうしてわざわざ誹謗中傷を気にしているという、みぞれちゃんの分かりやすい弱みの見せ方に接すると、グラビアのセンターに抜擢されても決しておごってはいないという姿勢を表明したい彼女の思いに、辰子であっても気づくことができた。私は苦しんでいるし、私だって辛いんだよ。みぞれちゃんに、そう暗に示されているようであった。それでも、一定の売り上げを叩き出せると見込まれた者しか出せない写真集の話題である時点で、みぞれちゃんの辰子への配慮は完璧ではないとも言える。辰子は、表情がコロコロと変わるみぞれちゃんの、時たまばあちゃんと重なる違和感のある引き攣った顔の動きを見つめる。醜くないみぞれちゃんの顔はいくら眺めても、辰子の心を苦しめることがない。

「これ、やっぱり女だと思う？　書いてるの」とみぞれちゃんが同意を促すように言った。辰子は向けられたスマホの画面を見ながら「なんでそう思うの？」と尋ねる。

「だって中顔面なんてワード、メイクしないおじさんからは出てこない言葉じゃない？　異性から攻撃される方がダメージがあると勝手に思って、おじさん風の口調をミックスしている感じがする。まあ、ただの予想だけど……」

「みぞれちゃんって、ワンシンキング百キロカロリーくらいいきそうだよね」

「それ、藤井聡太の一手じゃん」

　みぞれちゃんにつられて笑いながらも、全体的に体の幅が薄く、風で吹き飛びそうなみぞれちゃんのガウンから覗く白い肌を辰子は観察した。最初から化粧下地が塗られたかのように肌のきめは細かく、その色は絹のように白い。みぞれちゃんの肌からは、皿、をいつも想起する。なにも載っていない、ざらつきもなければ油膜も張っていない、洗い立ての皿。

遅めの昼休憩で、照明を組み直しているカメラマンチームから少し離れたテーブルの上に積まれた弁当は、いくつか種類があった。みぞれちゃんは鮭の切り身が載っかっている、和食のものを手に取った。弁当が置かれたテーブルの端に座ったみぞれちゃんに手招きされる形で、洋食弁当を取った辰子は横に座る。

場を見渡せる、スタジオの中心に位置するテーブルだったからなんとなく気まずさを覚えて、「ここにいて大丈夫かな」とそれとなくあたりにも聴こえるくらいの声量で辰子が尋ねる。「平気だよ、座らせてもらっちゃお」と返すみぞれちゃんの箸が、白米を摑むことはない。辰子は炒められた豚肉の下に敷かれた、肉の脂をたっぷり吸ったナポリタンまで完食した。メイクルームに鞄を置いたままであったことを思い出して「ちょっとサプリ、取りに行ってくるね」とみぞれちゃんに告げて、立ち上がる。

六畳ほどのメイクルームは、ところどころで強く発せられるコロンと、メイクさんたちの食べかけの弁当から放たれる冷えた白米の匂いが充満していた。

色鮮やかなビキニがステンレス製のラックに吊るされていて、真上からの空調の流れを受けてひらめいている。今日の配列からするとセンターのみぞれちゃんが赤で、あとはランダムに色が振り分けられていて、みぞれちゃん以外に分かりやすい優劣の差はないようだった。辰子は白色だった。力を込めなければ引っ込まなくなった腹に意識を傾けながら、衣装が嵩張ったラックの底に置いたトートバッグの中に、腕を突っ込んだ。

「それ効くの?」

テーブルに戻ってサプリのシートから錠剤を指で押し出すと、みぞれちゃんが覗き込んできた。

「うーん、むくみとかは取れるんじゃないかなあ」

腫れやむくみを早く引かせるという効能を持つこのサプリを、辰子はばあちゃんからダウンタイム時の余りものとして大量に受け取ったのだった。「あーむくみね。大事大事」みぞれちゃんは満足げに頷いた。

柔らかい日差しがみぞれちゃんの顔に落ちていた。室内を占めている陽の光が揺らぎやすいのは、ここのスタジオの天井の全面が窓になっていて、容赦無く降り注いでくる光を余すところなく取り入れる設計となっているからだ。辰子の目は自然と光に導かれて輝きを増すみぞれちゃんの顔を観察する。耳から顎にかけて無駄な肉がなく、下に走る血管は緑に透けていて、小ぶりな唇から覗く真っ白な歯は、笑った時に主張がある。だから、笑顔が大きい。

朝の八時に現地入り、もしくは十五分前に現地の最寄り駅での待ち合わせという二択をラインで送ってきたマネージャーに「現地に行きます」と返信をしたのが十二時間前だった。前乗りしたかったが、渋谷の一画にある事務所の寮は既に愛知からきたグラドルに使用されていたので、辰子は確保できなかった。駅からグーグルマップを見ながら、定刻通りにスタジオの前に行くと、横付けされたタクシーからみぞれちゃんがするりと出てきた。

雑居ビルの中にある一室は最上階とつながっていて、バスルームが広く、バルコニーには芝が敷き詰められている。洋風の部屋と和風の部屋が不自然につながっていて、教室風もあれば倉庫風の部屋もあった。嘗《かっ》て芸能人の家宅だったものがスタジオに改装されたのだと、マネージャーがどこか自慢げに詳細を語っていた。

みぞれちゃんが「これ以上食べたら吐きそう」と、透明のプラスチックの蓋をまだ中身の詰まった弁当の上に被せた。みぞれちゃんは幼さだけでなく、体の細さも売りの一つだ。それに伴うように、言動も三大欲求も制限されているようだった。辰子は込み上げてくるゲップを抑えながら「それだけ細くなったら体も軽く感じるのかな」と言うと、みぞれちゃんはうーん、と腕を組んで前後に体を揺らした。「……ないものねだり合戦、する？　今？」と片目を瞑って、困ったように笑う。

「私はねー、辰子ちゃんの胸になりたい。それくらい大きくなりたかった」

「そこまでないよ」

眩しいFカップ！　と見出しにはよく書かれるものの、実際のサイズはDだった。

「めちゃくちゃあるよ。懸垂みたいにぶら下がってみたい」

そう言って、辰子のガウンの上から、隙間になった谷間に指先をすべりこませる。「え、あったかい」とみぞれちゃんが感動したように声を跳ねさせたので、くすぐったさを隠すように辰子は笑った。彼女の指先はとても冷えていて、辰子の胸はその温度に引っ張られる。

そういえばばあちゃんは豊胸もしていたな、と辰子はあの硬い乳房を思い出した。太ももからシリンジに吸い込まれた脂肪を遠心分離機にかけて、純度が高いものだけを摘出し、胸に入れ直すという手術は大掛かりで、六年ほど前のことだ。純矢はばあちゃんのケアに奔走していた。みぞれちゃんの太もものきわにも、ばあちゃんと同じで、手術の痕跡であるイコールマークのような吸引後の傷跡があった。事務所が色校の確認が雑なんだよね、気をつけた方がいいよ、と前にみぞれちゃんが不満を口にしながら、ファンデーションテープをそこに貼り付けていたのを覚えている。掲載前のグラビアの色校のデータは、確認用にと事務所に送られる。それを印刷して隈なく確かめるか、スマホの小さな画面でズームをしながらチェックするかでは「漏れ」にも開きがあった。シミや腹に入った線、蒙古斑めいた色素沈着は、各々の隠したい箇所ではあるものの、あげたらキリがないので、完全に消してもらえるとは限らない。

だとしてもせめて夢くらい見せてよって思わない？　とみぞれちゃんはいつも言っていた。私たちって売り物で、作品で、二次元に近づけることが、今の美の表現なのに。室内に落ちた影で肌に浮かぶ小さなポツポツや、シャワーシーンで鳥肌の立った肌などを生々しさと呼び、あえてリアルを残すグラビアも、完璧ではないフォトショのレタッチで掲載されたカラーページも、見るたびに幻滅するらしかった。

ところで、ばあちゃんのはち切れそうになるほどに腫れた胸は年金でローンを組んだという。麻酔が切れてのたうち回った一週目では、その痛みをぶつける当てがなくうつ伏せを控え、胸を平らにする動きが禁止されているために、力を抜いて寝そべることもできなかったらしい。ひたすら天井に向かって、痛みが薄れることを願いながら、両手を絡めていた。痛みが体の線から今にもはみ出して溶け出しそうになり、ばあちゃんはそれを必死に両腕で押さえた。それでも体を突き破って外側に飛び出す猛烈な痛さと熱に、なんとか耐えることで精一杯だった。

同じ痛みは、辰子には味わえない。でも、ばあちゃんのように手を入れた事実に対して、みぞれちゃんは今も傷んでいる、そんな気がする。

「お前、やっぱりビリヤード下手くそでしょ」

カメラマンが放った言葉はアシスタントに向けられたものらしかった。辰子は水色の子の太ももの上に頭を乗せて、息を殺していた。少し頭を傾けただけで太ももに接し、髪にボリュームが立って盛り上がってしまうので、ささやかな動きにも気を遣っている。目の前には、寝そべったみぞれちゃんの小さな頭がある。ジグザグに分けられた分け目は、肌の色よりもさらに真っ白だった。

「誰もわかんないか」とカメラマンは仕方なさそうに笑って、傍に立っていた女性に目配せをした。今日のチームは、カメラマンとメイクが現場で一緒になることが多いと言っていたから、そこには阿吽《あうん》の呼吸を促すような流れがあった。「……えーと」と言葉に窮したメイクさんの声が、さらに沈む。

凍ったような沈黙が、カメラのシャッターを切る音で割かれていく。

「……入射角と反射角の話？」

痺れを切らしたように答えたスタイリストの女性の声は小さい。「おー正解」と目を見開いて笑顔で頷いたカメラマンに、一気に笑いの漣《さざなみ》が、ひとつ、ふたつ、と押し寄せてくる。なるほどねえ、と言って雑誌の編集者が近くに置かれたモニターの画面を見ながら、相槌を打つように深く頷いている。身動きが取れず、床に寝そべっている辰子の体の下には、床に肌を直接触れさせないための薄い布が敷かれ、横で戦闘員みたいに構えたポーズをとっているグラドルの膝下には、透明の耐震マットが敷かれている。辰子は撮影の時は、なめくじになったり、アスリートになったり、犬になったりした。体を溶かしながら、辰子は可動範囲をたしかめる。差し込む光の位置が下がり、床に橙色が広がって夕暮れに差し掛かったのがわかった。どんな見開きのページにも耐えうる、常にベストな表情を保たないといけないのだから、被写体たちは表情を崩さないように徹している。

耐えきれず、辰子はくしゃみをした。

断絶されていた流れが、再び動き始める。

「レベル高すぎですよ、その話ー」

みぞれちゃんがようやく返答すると、カメラマンが「いいね、今の」と、少し気を抜いたみぞれちゃんの真正面の顔を一枚撮った。連動したモニターに、みぞれちゃんの、少し口が開かれてアンニュイな表情が映し出される。三人のヘアメイクはそれぞれの担当の子の前髪をひとしきりコームで整えてスプレーをかけ、目頭に溜まったアイラインやアイシャドウの残りを綿棒でこそぎ取った。Vラインや乳首が出ていないか、被写体に近づいたり、身を引いたりしながら検分している。

「みんなで写真、撮りましょう。情報解禁は来月なので、衣装は隠してもらって」

不意に投げかけられたマネージャーからの一言に、スタイリストが走るようにやってきて、その腕にかけられていたガウンを各々が手に取り、水着が見えないように羽織る。この写真は、きっと人数分だけ顔が変わる。誰かの顔の幅を少しでも狭めるために、または目を大きくさせて肌を蠟《ろう》のようになめらかに溶かすために、辰子たちを取り囲む時空が歪められる。それと連動するように、隣の女の子の頬が横に伸びる。同じ写真は、何枚もの別の顔を生む。

＊

ばあちゃんの家の風呂場に辰子のポスターが貼られていて、驚愕したことがある。

ぎりぎり乳首が見えないポスターは、水をかけると壁に貼り付けられる特殊な性質の紙で、風呂場の鏡の横にあった。何かを受け止めるように口をかすかに開いているポスターの真の用途を、ばあちゃんは知る由もない。

昔から、ばあちゃんだけが、辰子のことを可愛い、可愛い、と言っていた。

あんたは、私に似たんだよね。

よかったね。

辰子は、周りから容姿を誉められたことなど一切なかった。ばあちゃんが誉めるたびに、むしろどこにでもいそうな普通の顔なのに、と半ば呆れて思っていた。所有している顔のパーツもその配置も特筆するものがなく、よく言えば癖がないということなのだが、その顔に飽きて退屈するわけでも、また誰かと比較して自分の顔面について憂えたこともなかった。しかしばあちゃんはほぼ盲信的に、辰子の可愛さを誉め称え、しかも自分に似た部分と、似ていない部分の両方に対して喜びを感じているようだった。

「雑誌、近所の人に配りたいんだって」

五冊ほど、辰子のグラビアが掲載されている雑誌を購入してくるようねだられた純矢が、以前、面倒臭そうにそう言った。

「ばあちゃん、自分のことのように喜んでたよ」

「ねえ、これって配るほどのものじゃないよ。写真集じゃないんだし」

辰子が直接釘を刺しても、「もうばあちゃんはね、満足したよ。辰子がこんなに活躍してね」と微笑みを絶やさなかった。

束ねられた新聞紙の横に重ねて置かれている雑誌の表紙では、眩い太陽の光に目を細めた辰子が、前屈みになった状態で微笑んでいる。フォトショで盛大に修整された顔のパーツは、光を取り入れてカラコンの薄茶色の縁取りの瞳を煌めかせ、鼻筋は通り、肌は現物で見るよりも白く滑らかだ。いよいよばあちゃんから遠く離れたものであり、切り取られたこの一瞬は、辰子にとっても再現不可能で、だから自分から派生した別の何かに思える。

いつだって、ちゃんとできているか、人から見られて判断を下される。ミツイさんの時も、他のバイトでもそうだった。しかしグラビアで求められる指示はあまりにも明確で、辰子を戸惑わせることはなかった。記号と化した笑顔の作り方も、辰子は次第に、わりかし簡単に覚えていくことができた。仮に辰子がぎこちない表情を浮かべても、裸に近い状態である辰子の、笑みにならない笑みを責める人は、周りにいなかった。

コンビニに寄ってアイコスの箱を買った後に自宅に着くと、既に純矢が食卓の席についていた。母が台所で忙しなく動き回り、辰子が入ってくるなり「ホーロー鍋でやってるから」とコンロを指さした。夕飯は肉じゃがだった。

「味、薄いね」口にした純矢は椅子に凭《もた》れながら、余計なことを言う。「もっと醤油足したほうがよかったんじゃないの」

「人間が人生で摂取できる塩分量はあらかじめ決まってるから」母は顔を上げて言った。

「俺、別に早死にしてもいいから濃いものが食べたい」

ようやく席に着いた母がじゃがいもを箸で裂く。力を込めたせいで取り皿が傾いた。テレビでちょうど、整形依存症についての特集が流れていた。辰子がチャンネルを替えようとすると、母が、「あの人、怖いことばっかりするのよ。ほんとに、全く理解できない。生きている間にね、わざわざ不自由になる必要なんて別にないじゃないの」と咀嚼の合間に不満げに声を漏らす。

「まあ、それはねえ。でも俺もやりたいよ、金があるなら」

「カジュアルにはなってきているよね」

「悩むのはわかるわよ。元々が大したものではないことだって。でも、それでいいのかね。自分にこだわりがなさすぎるから、あんな怖いことができるのよ」

テレビにアップで映し出されたモデルは、「でも私、顔だけで体はいじってないんですよ」と言ってミニスカートから伸びる長い足を組み替えた。

「こだわりがあるから変えたいんじゃないの?」

来客用の切り子ガラスのコップに注がれたオレンジジュースを飲み干した純矢が、あまり興味のなさそうな口調で言った。

「際限ないじゃない、そういうのって。一度取り掛かると」

「まあそうだね」純矢が、おかわりする、と言って席を立ち上がる。

「なんか前に栄養剤しか飲めなくなったことあったよね。病気で食事できない人が飲むやつ」

「あーなんだっけ」

「……エンシュア・リキッド！」

「あっ。そうだそうだ。エンシュア・リキッド」

ばあちゃんはエラの主張が激しいのがみっともなくていやだと言い、ある日を境にボトックスと連呼するようになった。しかし傍目から見ればばあちゃんの頬は垂れ下がり、エラなども一緒に溶けて下がってきているようなものだった。筋肉ではなく骨格と年齢の問題であって、頬の脂肪でもあるバッカルファットを摘出すれば下膨れが解消されるのだと美容外科医に提案された。それで勢いでバッカルファットを摘出した結果、ばあちゃんは痛い目に遭う。

「あれほんとにやばかったよね」

「うん、ガチでばあちゃん死ぬかと思った」純矢が声を強めて言った。

ばあちゃんの、ステノン管という耳下腺管の右側が損傷して、唾液が漏れ、皮膚の下に溜まって膨れてしまったのだった。総合病院に行き、内視鏡を用いなければ損傷の修復はおろか、診断することもできないと言われ、唾液腺から漏れ出る唾液を防ぐには、固形物を食べないこと、と診断が下されたのだった。固形物が食べられないので、エンシュア・リキッドという栄養剤をストローで飲んで、ばあちゃんは過ごした。コーヒー味。バニラ味。辰子も試しに飲んでみた。ちょっとシェイクっぽいが、味気なく食道を通過して、下へ下へと流れる。

バッカルファット摘出の施術中、内部を抉って引っ張られる感触と共に、美容外科医が、あ、と虫歯でも見つけたかのような声を出して、手が止まったのだとばあちゃんは言った。総合病院に行く前に美容外科に慌てふためいて飛び込んだばあちゃんは「こりゃ千人に三人くらいの確率だなあ、運が悪いね」とそっけない対応を受けた。美容外科医はばあちゃんを施術台に寝かせ、血腫かなあ、と縫合を開けて両手でばあちゃんの頬を絞る。圧迫されて滲み出た血の味が、ばあちゃんの口の中に広がった。施術室の壁際に並んだ薬の瓶の中から一つを選び、注射器でその液体を注ぎ込み掌で圧迫され、受けた名残は青紫のあざとして顔全面に広がった。

「ヤブ医者だったんだねえ」と嘆くばあちゃんは、頰から顎にかけて圧をかけるバンドによって口の可動域が狭まり、くぐもった声が漏れ出た。「医者も何も、ホスト上がりの兄ちゃんじゃん」と一刀両断したのは、純矢だ。銀のプレートに置かれたばあちゃんのバッカルファットは随分と小ぶりで、可愛かったらしい。辰子もその写真を見たが、ホルモンという言葉以外には形容し難い、グロテスクな、糸を引いた臓器のような卵の黄身ほどの大きさの脂肪が、ばあちゃんの写真フォルダに残っていた。

「新しい男でもいるのかね」と母が声をひりつかせる。

「男のためにやってるんじゃなくて、自分のためじゃないの?」

純矢は肉じゃがの汁を啜って「やっぱり薄い」とがっかりしたように言う。

「文句言うなら自分で調節しなさいよ」母が台所から醤油と塩を持ってきた。

「まあでも、うちらはなんていうか、きっと、ダメな家系なんだね。みんな難がある」

辰子がそう言うと、「全員、阿呆の絵柄の金太郎飴みたいだよな」と純矢がぼやいた。

「ひどいこと言うね」母が目を見開く。

きちんと閉めていなかったせいで、冷蔵庫からぴいぴいと急かすように高い音が鳴り始めた。母の意識がそちらに移る。冷気の中にはボウリングのピンみたいにものが整然と並べられている。調味料の瓶は後ろにいくにつれ少しずつ高くなっている。四角いものは手前に三つずつ重ねられて、野菜室は色ごとに区画が分けられている。母の秩序には迫力があった。母は立ち上がり、冷蔵庫の扉を閉める。一度閉めたのにもう一度開けて、力強くまた閉めた。

「辰ちゃんは明日グラビア？」純矢が言った。

「そうだよ」

「そんなに食べて平気なの？」

「別にいいんじゃないの。多少太っていても」と辰子ではなく、母が口を挟んだ。

「太ってはいないけどね」

「中肉中背だよね」

「そうだね」

「辰ちゃんが頑張るほど、俺が報われないって可哀想だとは思わない？」

「どういうこと？」

「いや、だって人間としてダメな具合って、俺と辰ちゃんって同じくらいじゃん？　でもさ、脱いだ辰ちゃんの方が認められて、真面目にやっている俺はこき使われてさ、俺って可哀想じゃん」

「可哀想だね」

「働けるならなんだっていいんじゃないの」

「そうかね」

「偉いよ、あんたは」母は強い語気で言った。

「そうかね」純矢は少し満足げに「まあそうだよな、俺、かなり真面目な方だし」と繰り返した。

純矢はその後、アルコールが入って雄弁に近況を語り始めた。母も飲酒に加わって、やけに盛り上がり、珍しく興味を持ってその話に耳を傾けていた。純矢は、勤めている不動産会社に対して、給料やキャリアの観点で少なからず不満があったので、三十歳が見えてきた今が悩みどころだと吐露した。最近、友人から障害者の支援活動をするNPO法人を設立するから手伝ってほしい、と持ちかけられたせいで「やっぱやりがいあることをしてみたいんだよなあ、俺」としきりに言うものの、行動に移す自信はないらしく、辰子の母の妹にあたる叔母は、純矢のその転職を嫌がっている。なにしろ誘ってきたユージとかいう友人は以前、夜な夜な仲間を呼び寄せて純矢の家に集結させ、ゲームに明け暮れ、しまいには叔母に断りもなくシャワーを浴びるほどの図々しさであったらしく、「一声かけろって言うのもなんだか癪《しゃく》だから、ガス栓を閉じて消してやったのよ。そいつ、浴室から震えて出てきて、笑ったわ」そう誇らしげに語っていた叔母のにやついた顔が、辰子の脳裏に浮かんだ。

散々呑んだくれて、「帰るわ」と純矢がよろけながら立ち上がった。傍目にも顔色が赤い。母が飲酒運転になるよ、と引き止めたが、「俺は、まあ気にしない性格だから、大丈夫」と自転車に乗って、颯爽と帰っていってしまった。

機材が積み込まれていくバンの後ろから散り散りに人が出ていくスタジオを、辰子とみぞれちゃんは後にした。

＊

ビルとビルの合間からのぞく光が、同じ高さに位置する街灯と衝突しあってぼやけて一斉に目に飛び込んでくる。眩しさに辰子が目を細めていると、「また今日も一緒に帰るの?」とマネージャーが手を繋ぎそうなほどくっついた辰子たちを一瞥して揶揄《やゆ》した。「ナンパとか気をつけてねー」と両手を振ってマネージャーが去って行ったのを見送ると、みぞれちゃんは、既にタクシーを呼んでいると言って、少し離れたところでハザードをたいているタクシーに辰子を促して一緒に乗り込んだ。西武新宿方面へ、と告げたみぞれちゃんの行き先は、スタジオから歩いて行ける距離だった。みぞれちゃんはシートに全身を凭せ掛け、頭だけ辰子の方に傾けながら「私タクシー病だから、これは払わなくていいからね、マジで」と車窓から高層ビルを眺めている。

　高架下をくぐったあたりで運転手に止めるように伝え、辰子を先に降ろしたみぞれちゃんが運転手に何やら掛け合っている。領収書をねだったものの二重決済になるからと断られたらしく、ぺろっと舌を出して降りてきたみぞれちゃんは辰子の腕に手を伸ばし、華奢な指先を絡めた。みぞれちゃんの指は冷えていて、いつも氷みたいに、辰子の皮膚に絡みついてくる。指先から頭の方へと、辰子は視線で辿っていく。

　みぞれちゃんは気を抜いても、カメラが向けられていなくても、美を顔に留めることができる。デビューした時期が比較的近いからと、辰子とみぞれちゃんは二人でセットにされて仕事をする機会が多かった。辰子はみぞれちゃんのバーターで、ファーストフードで「ご一緒にいかがですか？」と勧められるポテトと一緒だ。胸が大きいというところで需要のある辰子と、幼さを売りにしたみぞれちゃんの組み合わせはそれぞれの良さを殺すことはなく、むしろ絵面としてお互いを引き立たせるのかもしれない。

「なんかさ、税理士さんに領収書もらえって毎回言われるんだけど、最近スマホ決済が多くて自分で印刷しないといけないじゃん？　だるいんだよね、忘れちゃうし」みぞれちゃんが嘆くようにそう呟いた。

「あー。確かに」

大型ビジョンに音楽のヒットチャートが流れている。聞き覚えはあるけれど歌詞は不明の、その曲のサビだけが延々と頭の中にループする。音楽に合わせて小刻みに辰子が揺れていると、絡まっていた指が離れ、みぞれちゃんがスマホをいじり始めた。

「辰子ちゃんはさあ、自分でやってる？　それとも頼んでる？」

「え？　ああ。スポットで税理士にやってもらってるよ」辰子は適当にはぐらかした。

最近は深夜のバラエティ番組にもぽちぽちと出始めたみぞれちゃんとは違って、売れないグラドルの手取りなどたかが知れていて、税務関係の処理云々というのは、辰子の頭からすっかり抜け落ちていた。

信号を渡り、二人ではすむかいにあるドトールに入ると十九時を少し回っていた。店内にいる客の多くは頬杖をつきながらスマホやパソコンの画面に見入っている。みぞれちゃんは今日の撮影の話題に少し触れた後、伏せていたスマホの画面をひっくり返して「明日何時から?」と辰子に尋ねた。

「大丈夫、何も入ってない」

みぞれちゃんの横の椅子に置かれたシャネルのバッグはレンタルで借りている品で、月に数回新しいバッグが送られてくるらしい。サブスク制で最新のものを手に入れられる、そして最新のものはすぐに古くなっていく。この業界と同じで代謝の早いブランド品はいちいち身を削ってまで買う必要はなかった。テーブル越しに向き合った辰子の隣の席には、毛糸で編み込まれたトートバッグがひしゃげた形で置かれている。

「あ、スモーキングルーム、今だったら人少なそうだよ?」

と上半分だけ目隠しのされたスモーキングルームの方を見て、みぞれちゃんがアイコスを吸うジェスチャーを辰子に向ける。その言葉に甘えて辰子がスモーキングルームに入ると、中年の男性とはたと目があい、辰子の方から視線を逸らすものの、彼のその視線が顔から足元へと移り、また顔に留まるのがわかった。辰子は咄嗟に、男に背中をむけた。

見せられるものは見せたほうがいい、とみぞれちゃんは言う。それはばあちゃんの謳い文句とも一緒だった。使える武器を最大限駆使することに、だから辰子も異論はない。それでも与えられた武器を、磨こうという意志は辰子の中にはない。電車の中で席がガラガラなのに隣に座ってくる男のことも、スモーキングルームでじろじろ見てくる男のことも、辰子は許せなかった。

与えられた武器を駆使することで生きやすさを得たい気持ちと、自身の神経を逆撫でするような異性からの視線を撥ね除けたい気持ちが、だから辰子の中には同時に芽生える。その視線が、みぞれちゃんの幼さに興奮していたとしても、辰子の胸を見て性的な疼《うず》きを感じていたとしても、それらをこの世に当然に存在するものとして扱い、敢えて真意を手繰り寄せて断罪するまでの価値を持たない。辰子は今も、異性からの粘り気のある視線を無に等しいものとして認識して、欲情という名の悪意を、無自覚のまま撥ね除けた。

席に戻ると、みぞれちゃんが「この間のやつ、もう出てるらしいよ」と唐突に言ってきた。意図が掴めずに「何のこと?」と辰子は返す。「ほら、合同グラビアやったじゃん。あれすでにコンビニに並んでいるっぽい」

みぞれちゃんファンのSNSの投稿によると、巻頭で八ページも掲載されていた。トップは絶対に見せない、アンダーも食い込みはダメ。被写体側の条件が違う中で選ばれた衣装は、光の透過を良好にするレース素材だった。スタイリストが、常に辰子たちの体の隅々にまで監視の目を光らせていたことを思い出しながら「あれ超大変だったよね」と首を後ろに捻ってストレッチをする。SNSに投稿されていた表紙の画像を、辰子はアップにして見つめてみる。今にも痙攣を起こしそうな角度にまで持ち上げられたみぞれちゃんの口角は、両側とも針で縫い止めたようにピシッとして、笑顔でめくれた唇の下には新品の消しゴムみたいにとにかくまっ白な歯が並んでいた。刀で断ち切ったようにきれいに揃ったその歯列は、カットし立ての前髪と同じ直線の具合だった。

「下着から毛がはみ出しているの、ずっと無言で直されてる子、いたよね」氷で薄められて底に沈んだわずかな液体を啜りながら、みぞれちゃんは続けた。

「直接言った方がその子もハッとしない？　自分で直させた方が絶対早いし」

「でも、スタイリストだって指摘しづらくない？」

「まあねー。信頼関係っていうか、この人ならちゃんと言ってくれるとか、そういう選別ってこっちではできないし。結局、向こうが扱いやすいって思ってくれていた方がいいよね」

「それは自分が使われやすい方がいいってこと？」と辰子は尋ねた。

「うん。私はそっちの方がいい」とみぞれちゃんは話しながらまつ毛の先を指でいじった。辰子は、自分だったらどうなんだろう、と考える。使いやすいと思われた方がいい、という部分まではみぞれちゃんに共感できるものの、使われやすいように態度や仕草を取り繕って周りに振る舞ったことは、辰子は一度もなかった。というより、できなかった。だからその方法があって、その方法を早く知ることができていれば、ミツイさんから、または数々のバイトから弾かれることもなかったのだろう、きっと。辰子は居心地の悪い思いを抱えながら、まだグラスに多く残っているアイスティーを飲んだ。「あのさ」とみぞれちゃんは辰子の顔をじっと見つめながら口を開いた。

「辰子ちゃんって、そのままでいる気?」

辰子は目をしばたかせながら「どういうこと?」と尋ねる。

「いや、辰子ちゃんって可愛いけど、メンテナンスとかしているのかなって」

「してないよ、別に」

「そっか。でもさ、サプリなんかで太刀打ちできないことなんて、星の数ほどあるじゃん」

「まあ、そうだね」辰子は飄々とした口調で返した。

「だってさ、このまま年老いたら代謝も悪くなって、セルライトも脂肪の塊もぽこぽこできて、今、自分で制御できている体が勝手に伸縮するわけじゃん。ひょっとして、辰子ちゃんって何も手を加えないままこの先の人生も歩んでいくつもりなのかなー、って」

辰子はうーん、と唸りながら「あんまり考えたことはないかも」と付け足した。

「じゃあ、容姿の悩みもないんだ？」

「うん」辰子が断言すると、はあ、とみぞれちゃんは、諦めと蔑みを交えた乾いた笑いをたたえて、「いいなあ」とストローに口をつけた。

「私だったらそんな選択はできない。だってあまりにも息苦しすぎるし。醜い自分にしか与えられない仕事と、醜くない誰かに与えられる仕事との差は明確じゃん？　扱われ方が雑になることで気づいちゃう自分の立ち位置と、そこに紐付いた見た目の競争って、やっぱり息苦しいじゃん？」

「そうなのかな」

表紙のセンターになっているみぞれちゃんが味わっている感覚はきっと華やかなのだろう、辰子はそう思っていた。そう、息苦しい、ともう一度みぞれちゃんは呟くと、グラスの表面の水滴を手で拭いながら「息苦しいから、ちょんちょんって人生の部分部分を編集して、ハイライトまみれにしたくなっちゃう」と言い放つと、深いため息を「あー」と太く吐き出した。

「みぞれちゃんでも辛くなるの？」辰子は驚いて言った。

「そう、どう売っていけばいいのか、どういうキャラにするかってこととか、見た目以外のこともすごく考える。私よりも細い子なんてたくさんいるのに私が売り出せるものって一体なんなんだろうって。切り取り線みたいにね、型紙があるの、私の体のラインの。そこから生身の肉体が飛び出した瞬間、死にたいって思う」

「でも、食べてないじゃん」

「努力だよ、それって。お腹すいたときにＡＳＭＲ動画を漁って、人の食欲に触れてさ、飢えを凌ぐようにしてるんだよ。食べたいのに食べないようにする、努力だよ」

みぞれちゃんは瞳に人差し指と親指を突っ込んで、目が痛くなっちゃった、とテーブルのサイドから抜き取った紙ナプキンの上に、乾き始めた茶色の縁取りのコンタクトを置いた。

ドトールの閉店が近づいてからようやく腰を上げて、みぞれちゃんは流しのタクシーを捕まえてそれに乗り込むと、窓を開けて走り去るまで手を振った。

通り過ぎるアドトラックには皮膚をアイロンで伸ばしたような、陶器めいた肌とカラコンをはめ込んだホストの看板が光り輝いている。渋滞で停車しているおかげで信号を待つ間にじっくり見る羽目になった。昔はこれが全てキャバ嬢だった、と亜美さんから聞いたことがある。街の俗っぽさは維持されたままで、性別が逆転しただけの性搾取システムは存在し続けている、とも言っていた。しかし辰子たちがその渦中にいること、その枝葉にぶら下がっていることを亜美さんは決して言わない。辰子もさして、気にならない。

自撮り棒を掲げて寄り添っている外国人カップルを避けるようにして歩いていると、東口まで歩く間に「オネエさーん、どっか在籍してます？」と男に声をかけられた。グラビアアイドルだとは知らないままで、包み隠すことなく放出してくる邪《よこしま》な気持ちを撥ね除けるように、辰子は踏み出す歩幅を大きくした。オネエさーん、と名残惜しそうに声は後ろへと伸びていった。

閑散とした駅構内に、ようやく顔を見せた陽が差し込んだ。
朝の五時だった。
辰子が中学二年生のとき、ばあちゃんと二人で北陸のツアーに一緒に行った。

＊

まだ暗いうちに千葉をタクシーで出発した。複雑な上に広々とした東京駅構内を二人で迷いながら、なんとか集合場所の日本橋口前に辿り着くと、添乗員はおろか誰もまだ来ていなかった。本来の集合時間まではあと三十分余り、開いているキオスクで飲み物とサンドイッチを購入する。時間を持て余してあたりを散策したが、飲食店は開いておらず座れる場所がなく、もう一度日本橋口の改札前へと引き返す。ばあちゃんの手荷物は少なくて、膨らんだボストンバッグは辰子が引き取って自分の左肩にかけた。

「ちゃんと晴れるかしら」とばあちゃんが呟いた。

両肩にかけた荷物を脇に挟んで固定させると、スマホで気象予報のアプリを開いてみる。北陸の気温は低いが、晴れマークが続いている。

「昨日は標高の低いところは雨だったらしいけど、山間部は晴れてたって」まるで答えになっていないかも、と思い直して辰子は黒のポシェットにスマホを入れる。「だから勘で言うけど、晴れてる」ばあちゃんは満足そうに微笑みながら、ありがとう、と言って頷いた。

母はばあちゃんとの旅行を拒んだ。堂々と拒否の意を示して、潔かった。「なにを話したらいいのかわからないし」が母の言い訳だったけれど、実際にそうなのだろう、と辰子も思った。辰子にとっては大切なばあちゃんにも違う一面があって、娘との距離感が摑めていないらしいというのは辰子も感じていたのだ。それはまだ辰子が幼い時期から、なんとなく感じ取れるほどの不穏さで、母のばあちゃんに対する露骨な態度からもわかるのだった。

まだ足腰が弱り切っていないうちに。行きたいところがあるうちに。行ける体力があるうちに。いろいろと理由を並べて旅行を切り出したのはばあちゃんだ。辰子がご相伴にあずかることになったのも、自然な流れだった。純矢はあれだけばあちゃんに尽くしているというのに声すらもかけられず、行き慣れていない土地に一緒に行こうとばあちゃんが誘うのは辰子なのだった。

ようやく集合した添乗員とツアー客たちと一緒にあさま号に乗り込み、椅子に付属したテーブルを開く。蓋を閉めないままペットボトルを置いたばあちゃんが、目を瞑った辰子に頬を寄せて何かを囁いた。

「……え。なんて言った？」と聞き返す。

「太ももも細いね、って言った」

そうして、二人の視線が、辰子のべっとりと座席に広がった、ジーンズに包まれた太ももに注がれる。ジーンズ越しでは細いとも太いとも区別できない、溶けたような肉だった。ただの肉の塊。「……そう？」とだけ返し、辰子はまた目を瞑った。

「いいわね、服が、楽しいでしょ」

楽しい。服が。辰子は目を開けて薄く微笑みながら「そんなの考えたことがないよ」と言って、右側のばあちゃんの方へ顔を向けた。

「服が楽しいって思わせてくれる体は、いいわよね」

「そうかな」辰子は苦く笑った。

「好きなものを身につけられる状態にしておくのが、自分にとって、いいのよ」

「ばあちゃんは、今はそういう状態じゃないの?」

「そういう状態になったことは、一度もない」しれっとばあちゃんはそう言って、そうよ、と改めて納得したように頷いて「そう思うことはきっと、人生で一度もないでしょうね」と言い切った。

高崎駅を過ぎて長野駅に着く。風もなく淡々と冷えている外気に触れると、車内で赤みを増した頰がひんやりして気持ちよかった。添乗員から乗り換えの案内があり、ロータリーに到着したバスに勢いよく乗り込んだばあちゃんが、奥の座席へ進んでいく。ばあちゃんと同じ最後部の左側の窓側の席に座ると、そこまで人がいないことを辰子は確認して、ボストンバッグを二つ、真ん中の空いた席に載せた。後から乗車してきたのは高齢者ばかりで、その多くが夫婦のようだった。バスが出発すると、迷子にならないようにと添乗員が幾度となく、明日控えているルートの詳細を伝える。六つの乗り物を乗りつぐアルペンルートで、最終的に四時に扇沢にいればいいんです、と次第に声が大きくなっていく。ばあちゃんは、山の中腹が切り開かれ、雲が白くけぶっているせいで輪郭がぼやけた山々を、添乗員の話を聞いているのかいないのか、食い入るように見ていた。

この後は黒部のトロッコ電車に乗ることになっていて、辰子は渡された小冊子と黒部峡谷のパンフレットを開いたり閉じたりする。添乗員の説明をメモするのも次第に飽きてきて、イヤフォンを耳に差した。

窓のないトロッコに乗り込むと、風に乗った虫が鼻の穴の中に入ってきた。吹きつける風を全身で受け止め続けていると、体温が一気に奪われていく。身を捻って真後ろの席を見ると、ばあちゃんの肩が上がって、あまりの寒さに目を見開いている。重ね着していた辰子は、一番上に着ていたウインドブレーカーを脱ぐと、ばあちゃんに手渡した。白いサラサラとした素材のそれは、小さなばあちゃんの身をすっぽりと包んだ。

「あったかいねえ」

「でしょ」

「ああ、こういう景色は最初しか感動しないものと思っていたけれど、やっぱり、いいわねえ。ちゃんと感動が、連続するわね」

ばあちゃんが随分と生き生きとした表情で言った。

視界に収まり切らないほど大きな山は、後ろの光で輪郭が縁取られて浮き上がって見えた。入浴剤を入れたようなエメラルド色の湖が日を照り返して光り、ばあちゃんの嬉しそうな顔を、どうしてか不気味に浮かび上がらせる。

ルートの中間に位置する猫又を過ぎたあたりで、

「変わるらしいよ、ここから先の景色」

と辰子は言ってパンフレットを広げた。暴力的なまでに強い風と、トロッコの車輪のきいとかぐああといった音に塗りつぶされないように、声を少し張り上げる。

「でも、わざわざ最後まで行かなくてもいいなって思うわよね」

ばあちゃんが捻くれたことを言ったように思えて、え？　と辰子は眉根を寄せた。

「そんなことないよ。せっかくなら見たいってなるよ」

「それは強制されているんじゃないかしら」

「強制？」

「そう。終点って決められているから、そこまで行って見ないといけないって思わされているんじゃないのかってこと。だってきっと、乗った最初の瞬間の感動は上回れないわよ」

「そうなのかな」

「辰子は景色を見て、今が最高の瞬間かもって思ったことはない？」

「あるかもしれないけど、うーん。正直、あんまり覚えてない」

昔、父に言われた言葉が脳内に蘇った。どうして辰子は、感動を引き寄せることができないんだろうな。あの言葉の意味が、その時にもよくわからなかった。感動をすることの大切さについて、辰子自身が一番懐疑的でもあった。

「最高の瞬間を見られたら、もうそこで私は帰りたくなっちゃうの」ばあちゃんが顔にぶつかってくる虫を手で払い除けて、首を傾げる。

「そんなに長引かないものでしょ、感動って。飽きてきたな、って思うことがもう嫌なのよ。感動が一瞬で終わることを自覚するのが、嫌なの。まあ、永遠に続かないから、感動するんだけどね」

今、ひたすらに長い距離を走るこのトロッコ電車に乗りながら話すことなのだろうか、と辰子は思ってしまう。「……でもね。ありがとう辰子」赤いテープがところどころに巻き付けられた木々を目で追い、少し張り上げた声でばあちゃんが言った。

「体力が完全になくなる前に、来たかったから」

「うん」

「でも全部は難しいと思う、行きたいところ、全部は」

進行方向とは逆になるが、辰子はばあちゃんに向き合う形に座り直す。背中が風景に引っ張られていくような気がして気持ち悪かったけれど、この方がばあちゃんの表情がよく見える。無理やり上に持ち上げられても漏れてしまう余った肉が、顎周りに張り付いている。直射日光の下で、ばあちゃんの粗を隠すことは困難だった。浮いたファンデーションに、かさついた唇に無理やり引っ付けられたかのような、鮮血の色をしたリップ。耳の下には皮膚を切開した後の生々しく赤い傷が、風で髪が煽られるたびに垣間見えた。

「どの場所に行っても自分は変わらないから、だから自分を変えることを考える方が楽しいのかもしれないわね」

「そうなんだ」

「辰子は、どうなの?」

「え?」

「今の自分は好きでいられているの?」

郵便はがき

料金受取人払郵便

小石川局承認

1144

差出有効期間
令和８年３月
31日まで

112-8731

〈受取人〉
東京都文京区
音羽二―一二―二一

㈱講談社
文芸第一出版部 行

ご購読ありがとうございます。今後の出版企画の参考にさせていただくため、アンケートにご協力いただければ幸いです。

お名前

ご住所

電話番号

このアンケートのお答えを、小社の広告などに用いさせていただく場合がありますが、よろしいでしょうか？　いずれかに○をおつけください。

【　YES　　NO　　匿名ならYES　】

＊ご記入いただいた個人情報は、上記の目的以外には使用いたしません。

TY 000072-2401

書名

Q1. この本が刊行されたことをなにで知りましたか。できるだけ具体的にお書きください。

Q2. どこで購入されましたか。

1. 書店(具体的に：　　　　　　　　　　　　　　　　　　　　　　　　　　)

2. ネット書店(具体的に：　　　　　　　　　　　　　　　　　　　　　　　)

Q3. 購入された動機を教えてください。

1. 好きな著者だった　2. 気になるタイトルだった　3. 好きな装丁だった

4. 気になるテーマだった　5. 売れてそうだった・話題になっていた

6.SNSやwebで知って面白そうだった　7. その他(　　　　　　　　　　　　)

Q4. 好きな作家、好きな作品を教えてください。

Q5. 好きなテレビ、ラジオ番組、サイトを教えてください。

■この本のご感想、著者へのメッセージなどをご自由にお書きください。

ご職業　　　　性別　　年齢

10代・20代・30代・40代・50代・60代・70代・80代～

「え？」

黙って、考える。

「……うーん。私は、」

猿、と誰かが大きく叫んだ。乗っていた人々が同じ方向を向き、速度を落とさない風景の中へじっと目を凝らすと、距離を保ってポツポツと点在する猿の群れがいた。子猿までいて、まあ、とばあちゃんが身を乗り出して見つめる。群れは進むごとにいくつも現れ、それを指差している子供が笑ったり、硬直したりしている。私は、の続きに何を言うべきだったのか、辰子にはわからなかった。私も変わりたい。私は変わりたくない。私は今の自分がいいと思う。いや、よくないと思っている。そのどれもが心にしっくりくる感じがしない。じゃあ私は一体、自分にどのような評価を下しているのだろう？　私はどういう評価でもって、周りから自分の価値を決められているんだろう？

ばあちゃんはいつも、明言する。迷いがなく、常に自分が変わることまでをも、認めようとする。

翌朝、「朝風呂行くけど、辰子はどうする」という声で目が覚めた。寝起きのはずなのに、ばあちゃんは朝から顔が冴えていた。

「うーん、私は、いい」

辰子は一度起き上がり、膨らんだ寝癖を手のひらで押さえつけると、また布団の上にボフッと身を落とした。ばあちゃんは、はいはいそうですか、と呆れたような、しかし弾んだ声で手際よく、尿漏れパッドとタオルと洗顔料を次々にビニール袋の中へ入れて風呂に出かけていった。トイレに入るまでは平気なのに、便器が見えた瞬間に気が緩むせいで少し漏らしてしまう、と言っていたけれど、それがどれくらい深刻なことなのか辰子にはわからない。

昨晩、大浴場で辰子は、ばあちゃんの体をしっかりと見た。皮膚は弛んで下へ降りていき、それぞれの肉のパーツが一つにつながったような、体の線がいつまでたっても定まらないような、不安定な揺れを感じた。肉はどうして、あれだけ萎れるように空気を抜いて、液状化していくことができるのだろう。辰子の皮膚は、肉を弾き出さないように懸命に抑え込み、はりがあり、筋がなく、つるんと滑らかだった。

掛け布団の上に寝転びながらも、開け放たれた窓の向こうに山の頂が見えた。上部には雲が横たわっていて、川の音が聞こえる。

「綺麗になりたいって、なんで思うんだろうね」

朝食会場で辰子がそう尋ねた時、寝巻きみたいにくたびれたスウェットパーカーを着たばあちゃんは、首からかけたタオルで顔の汗を拭いながら、キャベツの浅漬けを食べていた。ばあちゃんは「ああ、なんでだろうね。……神の、お告げみたいなものかね」と、適当な割にはやけに確信めいた調子で言う。目鯛の幽庵焼きに箸を差し込みながら、辰子は、同級生たちのことを思い出していた。中学に上がると、美容を気にかける同級生は多く、前髪をまっすぐに整えること、目を二重にすること、鼻を高くすること、まつ毛を上げること、色を白くすることが美徳となり始めていて、みんな、課題に取り組むように必死にその作業に時間を費やしていた。日焼け止め乳液を、首との境目がはっきりわかるほど顔に塗り込んでいる同級生を見ると、辰子は自分の少し焼けた肌の色をどうしてか、恥ずかしく思うようになった。

辰子が懸命に思っていることをかき集めて、

「綺麗にならないといけないって思うから綺麗になりたいって思うだけで、真の意味で、というか、真の美しいとかがわからないまま、それでも美をずっと求めているみたいで、なんか、変だなあって思う」

とぎこちなく告げると、そう、とばあちゃんは味噌汁の茶碗を唇につけ、少し考え、茶碗の位置を胸元まで下げた。

「綺麗になりたいっていうよりも、みんなと同じになりたいってことなのね」

辰子は、そうかもしれない、と少し口に出しかけた同調を、しかし果たして本当にそうなのだろうか、と逡巡しながら押し殺す。みんなが同じものに向かっていく。みんなが同じものを美しいと感じる場所へと向かっていく。向かっていくのだからゴールがあるはずなのに、まるでそれが見えないところが怖い。足並みを揃えて綺麗になりたいことに対してではなく、見えないところに輝かしい何かが待っているのだと信じていることに、辰子は怖さを感じている。それがとりわけ素晴らしいものに違いなく、素晴らしい以外の言葉で語られることがないと言い切るような調子であることにも、怯んでしまう。

「辰子は、可愛いから」

ふと顔を上げると、緑色に縁取られたばあちゃんの瞳がまっすぐにこちらに向けられている。また、そんな事を言ってる。辰子は呆れて「はいはい」と仏頂面で返す。

「本当に、可愛いから」

「そんなことない」

「じゃあそれでいいのよ。可愛いけど可愛くない、でいいの。それにもし自分に飽きたなら、いくらでも取り替えてしまえばいいのよ」

辰子は「そんな簡単に無理だよ、パズルじゃないんだから」と苦笑しつつ、悪い気はまるでしなかった。だとしたら簡単に取り替えられることなのに、ここまで必死に美容にこだわり続けている同級生たちが愉快で、哀れで、辰子は、今なら誰のことも笑ってしまえるような気持ちになった。

朝食を食べ終えて身支度を済ませて乗り込んだバスの、最後の乗客が辰子とばあちゃんだった。行ったこともない場所なのに繰り返し待ち合わせ場所とルールを語る添乗員のアナウンスにも飽きてきて、ちぎれた雲がまぶされた空を辰子は見遣る。今日は大谷の雪の壁を見に行く。ばあちゃんが一番見たがっていたルートだ。

仙洞スギを通り、白い靄に包まれながら「もう、何も見えないね」とばあちゃんは目を細めた。

白銀の世界だった。

雪の壁は十三メートルもあった。両脇に聳え立つ、波濤のように高く白い壁の前で、写真撮って、とばあちゃんがデジカメを渡してくる。岩肌のようにところどころ削れた雪の壁の向こうには雲海がひろがり、坂道が続いているせいで足元が頼りなかった。

数枚を撮って、ばあちゃんに見せる。

ばあちゃんは全部、ゴミ箱のマークを押して、消していく。

道中で買ったサングラスを着用したばあちゃんは「お腹がでてるように見えるから、やなのよ」と全てが発光する白一色の世界の中で、何度も辰子に、撮り直しを催促した。

「違う、なんていうか、これは私っぽくない」

「どういうこと?」この一枚も、その一枚も、何も変わらないのに。

「私が自然と微笑んだときに撮ってほしいの」

「わかったよ」

再度、撮る。

「光が悪いんじゃないかしら。もう少し先に移動してみましょう」とばあちゃんがゴミ箱に、撮った写真を捨てていく。

もういい、とデジカメをばあちゃんの胸に押し付けて、もう見えなくなってしまった添乗員の旗を追いかけた。ずんずんと先をゆく辰子は、置いてきてしまったばあちゃんが気になって、仕方なく振り返る。随分と、まだ遠いところにいる。えっちらおっちら、弥次郎兵衛みたいに揺れながらばあちゃんは歩いている。この先の雪の坂道を上りきると待合室を兼ねたターミナルに着く。近づいてきたばあちゃんの足が、ふみしめる箇所を探すようにして前屈みになり、足元はどんどんと覚束なくなっていた。どうにか辰子の立っている地点までばあちゃんは這うようにやってきて、そして「あ」という声が聞こえ、前へと引っ張られる感覚が同時に襲う。ばあちゃんが咄嗟に辰子のポシェットの紐に、倒れそうな身を支えてもらおうと、手を絡ませたせいだ。足がすべってふたりで倒れかけ、辰子は思わずしがみつくように雪道に手をついた。重心の移動を頭の中で思い描いていたはずなのに、手首は思わぬ方向に捻られ、骨に痛みが響き、「痛っ」と辰子は声を出した。「ごめんねごめんね」とばあちゃんはつぶやくばかりだった。

坂の上にある混み合った待合室でお昼休憩になった。お弁当の蓋を落としたばあちゃんは、辰子に拾ってもらう前提でいるのか、かがむこともしないいま、蓋を一瞥して辰子を少し見つめ、また黙々と手元の弁当を食べ始めた。辰子は少し嫌気がさして卵焼きを口に運びながら、「……ただの、弱い王女様じゃん」と思わず呟く。小山が天を衝くように聳えている様子が視界の端にあるものの、風景の感動はばあちゃんが言うように薄れてしまっている。

「弱いんじゃなくて、適応しきれていないだけなのよ」

ばあちゃんが少ししてからそう言ったので、「……なんの話？」と辰子は尋ね返し、ああ、とすぐに自分の放った言葉を思い出した。それから、ふうん、となんとなく頷いてみせる。わかったようなわからないような、ばあちゃんにもそれが伝わるような、それくらいの温度感になるように努めて返事をする。

「あのね、日々自分を変えるっていうのは、痛むことなのよ。痛むことを繰り返しているから、どんどん人と離れていくのね。人と離れていくことが、弱いって思うなら、そこまでだけど。そんなことを弱いって勝手に推し測って言う人間には、なってほしくないな、辰子には」

「……そんなこと、全然、言ってない」

「本当？」ばあちゃんがにこやかに顔を向けた。

「うん」

ばあちゃんと全く同じ弁当を、辰子は急いで食す。

「なら、悪かったわね」

ばあちゃんは少し沈んだ声で、だけど、どうしてか嬉しそうにそう言うと、落とした弁当の蓋をよいしょ、と親指と人差し指でつまんで拾い上げた。徐々に人がひしめき合ってきた待合室に立ち込めた食品の匂いから抜け出すように、「先に行ってるね」とばあちゃんを置いて、立ち上がった辰子はゴミを捨てに行った。

＊

黒いフィルムが貼られているせいで外の様子は仔細には見えず、カーテンを端に寄せて額を窓に貼り付ける。防波堤のようなものが見えた。海の近くらしかった。波の音は聞こえない。

辰子は、植物の前で股を広げた。

「展開していこっか」

服を着たまま数枚撮るとカメラマンがそう言い放つ。黙って辰子はブラジャーのホックに手をかける。カメラマンに背中を向けて、外しているホックを見せまた振り返り、外したブラジャーを手繰り寄せるようにして谷間を強調して、乳首が見えないギリギリまでずらす。スカートを捲ってパンツに指をかける、脱ぎかけて何かに気がついたように顔をカメラに向けて口を開け、あ、という顔をする。それを撮られ、脱ぎかけたパンツをまた太ももの付け根に戻す。スカートを脱ぎかけて後ろを振り向く。尻をまっすぐにカメラに向ける。尻の肉付きの加減を強調するように、尾てい骨のあたりに力を入れる。辰子の体はいつも芯が冷えているようで、それでいて体感している温度とは裏腹に、体の窪んだ至る所に汗をかく。辰子は眩しさに目をほそめ、一度目を瞑って、太陽の方へ顔を向ける。瞼の裏に、橙色と赤色が混ざり合って滲んだ。血の色がわかる。

「こっち向いてー。微笑んでー」

視線をカメラに戻すと、光がいろんなところに当たって動き回って、それは太陽ではなくレフ板の反射の光だった。光に射られて、視線に射られて、笑って、とにかく笑うんだ、と言われている。笑いは口角を上げることで、辰子にとってそれ以上でもそれ以下でもなかった。

被写体が言葉を発することは不要で繰り返されるこの一連の動作は、流れ作業に近い。求められているものは簡潔でわかりやすく、そのことが辰子にとって、社会で生き抜けるかも、と自信を持つためには少なからず必要であったように思う。体に込めていた力を緩めた瞬間「はーい、チェックします」とカメラが下がった。

開け放された扉から通じる庭は西洋風に仕立て上げられていた。秋の暮れ、暑さと寒さが交互に襲って安定しない気温の、今日はとても冷えた日だった。虫除けのスプレーと日焼け止めを交互にメイクさんに噴射される。撮影をする都度日焼けもするし、虫にも刺されて跡が残るし、年季の入った絨毯の上に寝そべれば清潔さのかけらもなくて、肌が痒くなる。瞼の上に載せられたラインストーンの糊が貼り付く上に、レフ板で跳ね返された光は強く、特に今日は目が開きにくかった。後ろの背景の色が顔に乗ることのないように、全面の壁が白色に統一されたスタジオは、辰子の少しくすんで青ざめた肌の色を明るくした。

メイクさんが背後に立ち、綿棒にのせた薬用リップを辰子の唇に薄く広げた。唇をはむはむと擦り合わせて馴染ませていると、「何か欲しいものはある？」とマネージャーが話しかけてきて、辰子は一瞬、言葉に詰まる。彼は事務所に指定されているせいで平日は背広でなければならず、ファンシーな雰囲気の中で悪目立ちをしていた。水やサンドイッチなどの軽食が並べられたテーブルを辰子は見遣り、特に欲しくもないのだが「ポカリ」と絞り出してリクエストをした。手持ち無沙汰な彼に、山の中に位置したこのスタジオから、徒歩で三十分かけてコンビニまで行ってもらうことには意味があるらしい。このスタジオは電波が悪いから、かかってきた電話に折り返す必要もあるだろう。

漆喰の壁に沿って小人をモチーフにした置き物が雑多に点在し、そこから続く庭先から玄関にかけていくつもの手入れのなされていない鉢植えがあって、虫の群れがその上を旋回し、野良猫が庭をゆっくりと通り過ぎた。天井近くから、大きな柱の上に座ったガーゴイルのオブジェがこちらを見下ろす。元はレストランで、改装をしてスタジオとして使用されているらしかったが、名残というのは二階のリビングにあたる広間に張り出したキッチン程度で、うっすらと埃のかかってざらついた家具や床の上には不揃いなアンティークの家具が並んでいた。

帰り道のロケバスは全員が乗った瞬間に電灯が落とされて、メイクもカメラマンもアシスタントもマネージャーも一様に首を垂れていた。街は暗闇のシルエットと溶けて、後ろへと流れていく。

スタジオの前には海が広がっていたけれど、来る時には寝ていたから、どこにいたのかもわからなかった。黒く迫《せ》り上がり白く崩れていった波が脳裏に浮かび、でもそれはかつて見たことのある海を繋ぎ合わせただけの架空の映像かもしれず、少しロケバスを走らせるともう見つからなくなった。水辺に住んでいるが、辰子は海をほとんど見たことがない。薄く引き伸ばすように息を吐き出しながら、アスファルトに光が伸びて後ろに消えていく様を目で追う。束ねられていたカーテンを引いて景色を遮断し、スマホのロックを解除してSNSのアカウントを開く。

「【悲報】みぞれ、AV堕ち」と書かれた投稿に、みぞれちゃんが、裸の前で手をクロスさせている写真が添えられていた。芸能人枠でデビュー。レーベル名がツリーでリンクと共に追記されている。

ネガティブな文言が添えられ、たくさんのインプレッションを集めているその投稿に張られていたリンクを、辰子は胸の鼓動を抑えながら開く。グラビアのときとさほど変わらない、薄ピンク色のワンピースを着たみぞれちゃんの数秒のインタビューの後、イメージ映像的な紹介動画が一分ほど流れた。レザー素材の赤色のソファの上で体育座りをし、ひらひらとしたスカートを少しずつ指でもち上げていくと、恥ずかしそうな、嬉しそうな、そんな顔をしたみぞれちゃんの下着が見えた。濡れてることを強調するようなグレーの下着のまん中に、黒い染みがある。カメラがその黒い染みにフォーカスをあわせると、「やめてくださいっ」とみぞれちゃんは声をはずませ、顔をソファの背もたれにうずめた。古典的なポーズやシチュエーションの中で、しかしみぞれちゃんの笑顔は、グラビアの時よりも、どことなく拙い。レンズが近寄ると涙袋がぷっくりと膨らんだみぞれちゃんが歯を見せる。あの大きな笑顔をたたえて手招きするみぞれちゃんを、カメラがつかず離れずの距離で追っている。

カーテンの隙間から見ると、外は暗幕を下ろしたように夜に変わっていた。中途半端に周りを自身に欲情させることに一線を引いて、突き放すことを決意したのだと、辰子にはわかる。あっさり。そうだ、あっさりと。辰子はまるで、踏ん切りがつかない。見せているものが裸に近いものであっても、それは決して裸ではない、と信じている。だからそのことで免罪されてしまい、周りがこちら側に向けて抱く欲情と共生している。改めてそのことについて掘り下げようとすると、コツンと何か硬いものにぶつかる。脱いでいることを軽率な行為であると判断した瞬間から、自身の振る舞いやこなしている日々が馬鹿馬鹿しいと思ってしまうことを、恐れている。辰子は漣のように押し寄せてきたそうした考えを、いっそのこと放棄したかった。あらゆることを精査していくことで、脱いで損をしたという体験から導かれる憎しみを、当てどころのないまま発露させなければならないことも嫌だった。辰子は、この体からはみ出そうとする痛みをかき集めるようにして抱き寄せてみる。どうせなら、みぞれちゃんに近いところで、痛みを感じていたかった。

「どうしたの、その髪色」と亜美さんが鋭い口調で言った。

今度のイメージビデオの特典につけるチェキにサインを書きに事務所に赴き、会議室のデスクの上でペンを走らせていた辰子の背に向かって放った亜美さんの第一声がそれだった。「……今、ちょっと色が抜けちゃったんですけど」とおどおどしながら辰子は答える。相変わらず睨め付けてくる亜美さんの視線が痛くて「すみません」とつぶやいた。

「とにかく早くトーン落としてきてもらって。ギャルじゃないんだから」

亜美さんの髪色はミルクティブラウンをベースにし、金色のインナーカラーが差し込まれている。褪色していない綺麗な髪の根元を見つめる。亜美さんは、髪か爪、もしくは両方とも派手な色やデザインにしていることが多い。辰子の物言いたげな雰囲気に気がついたのか、目を細めてじっと辰子の瞳を見つめた。「あのね、前々から思っていたことなんだけど、あなたにはプロ意識ってものがないのよ」

「……すみません」

プロ意識。辰子はその四文字の中に潜む真意を、探ろうとする。普段は髪を何色にしても苦言を呈さない亜美さんは、稼ぎ頭のみぞれちゃんがいなくなった今、何かに急き立てられるように辰子に向けて、鋭い言葉を並べ続けた。

「ちゃんとキャラに則ってやってほしいわけ。あなたの売り上げを支えてくれているのが誰か、あなたわかってる？」

「はい」

「正直、あなたのカレンダーが一番売り上げ悪いから」亜美さんはため息を盛大に吐き出して、この際だから言うんだけど、と付け足して言った。「来年は出せないからね、このままだと。若いうちしかできないことっていうのは、流行りに乗っかることだけじゃないでしょ」

亜美さんがつらつらと語るたびに、辰子の体内から魂が少しずつ抜けていくように感じる。懐かしい、とも思う。この仕事をしていると、たとえ辰子が要領悪く動いていても、野次や罵倒を浴びせられることはなかった。使えない、とか、もう明日から来なくていいよ、とか、意地の悪い含みを持たせた笑いと共に投げかけられることがまるでなかった。それは裸に近い状態でいる辰子に対して、誰も厳しくする必要がないからだ。脱ぐ、ということがリスペクトされているわけではない。彼らが気遣うのは、こうすれば脱いでもらえる、という合理的な一点に集約されている。だから自分に心から興味を持ってもらえることなど、辰子は考えることも、求めることもしていない。

ブラインドは黄ばんでいて、簡素なデスクが置かれた室内を目の端で見渡す。事務所にいるのは内勤の男性だけで、こちらの話に耳を傾けているせいで、紛らわすようにあえて強くキーボードを叩く音がする。ガタゴトと底が抜けそうな音を立てて揺れるエレベーターを備えた事務所に来る機会は、ほとんどない。

世の中には、この街には、辰子たちの事務所と似たような小さな箱が数えきれないほどある。黄色を交えた温かい夕日は差し込んでいるのに、室内はずっとひんやりとしていた。

「あとね、レスも遅いから仕事がふりにくいの。今度のYouTube企画も残りの二人からは返事が来ているのにあなたからだけ来てなくて、あなた待ちの状態になってるの。正直そういうのってね、やりづらいし、もうこの子に新しい仕事をあげるのはやめようかなーってことになるわけ。こうやって仕事が減っていくの。わかる？」

「電話、してくれたらいいのに」

「は？」

辰子の口が思わず滑った。グラビア専門の部署に配置された数人のマネージャーは、現場ごとに来る人が変わった。そもそも今回はどういった趣旨の仕事なのかも把握しないままに、ただこの場所に来たことだけが仕事をこなすことなのだと言わんばかりに呆然としているマネージャーも多かった。体育会系の挨拶、ウッスとかソッスネとか、軽いノリと語尾で先方への対応をこなして、ある程度の愛嬌と下手に出る姿勢さえあれば通用する仕事が多かった。亜美さんはそんなマネージャー陣の最後の砦のように構えていて、揉め事の対処やモデルに一言申す管理者のような役割を担っている。ミツイさんと亜美さんの姿が重なる。波濤のように辰子に覆いかぶさって、正常や通常を突きつけてくる。こちらとあちらの間に一線を引いて突き放す、そうしたジャッジをする立場に身を置いている。

「まあ別に、ギャル系にしてもいいけどね。でもさ、その前にあなたが意識を変えるべきことってあるんじゃないの？　やる気がまるで見えないことが筒抜けって、情けなくない？」

でも亜美さん、うちらが脱いでいるおかげで恵比寿の良いところに住めているじゃないですか。辰子は突然、亜美さんが怒っているのを少し離れたところから冷笑するポジションに立ちたくなった。みぞれちゃんだったらこう言っただろう、と思ったのだ。いや、既にみぞれちゃんはそう言ったのだろうな、とも思う。一つのベールを挟んでいるような亜美さんとの距離は近いけど、遠い。違う、この距離は最初からずっと変わらないものだった。亜美さんの笑顔の端には一本の筋張った何かが浮き上がっている。まだ皮膚に馴染んでいないリフトの透明の糸は、どのように肌の下を伝っているのだろうか。亜美さんは話を止めなかった。

「あのね、言われているうちが華っていう言葉があるけど、今のあなたには、華すらないから」

亜美さんが次に何を言うのかわかって、辰子は口を閉ざした。陽の光は弱まっていき、外に聞こえた子供たちの歓声は薄れながら遠のいていく。

＊

頭蓋骨の周辺に、鉛色に光るものがあった。

辛うじて形を保っているそれは、チタンプレートと螺子《ねじ》だった。

そこにいる誰もが無言のまま、ワゴンの上に散らばった骨を見ていた。ふいに横から母の腕が伸びてきて辰子の胸をこづき、箸が手渡される。

火に食われて吐き出されたばあちゃんには、残すもの、残せるものなど殆ど無かった。

急いで目を走らせて、小さな一片を箸で摘まむ。骨壺がみるみるいっぱいになっていく。

ばあちゃんの遺体が発見された時、保険会社の付箋が、食卓上にあるペンスタンドに頼りない粘着力で貼られていた。うっかり見過ごしてしまいそうな、小さな黄色い紙には震えたような文字で「あとで電話」と書いてあった。

叔母と母、純矢と連れ立って辰子は火葬場からばあちゃん宅へと向かった。この家宅は、元々は古書などを保管する物置として使われていて、ばあちゃんの父である雅之の実家から譲りうけたらしい。三十年ほど住んだ後に一度壊し、新たに建て直されたばあちゃん宅は隙間風が細い束になって吹き込んでくる。足に良いと勧められてフロアカーペットを敷いたやわらかい床に母はどっかりと腰をおろし、叔母と純矢と揃いも揃って蠅みたいに手を擦り合わせ、一本調子に寒い寒いと連呼する。

ばあちゃんの家は、いつも冷たい。人を招き入れる愛嬌たるものが欠けているからだろうか。じいちゃんが亡くなり、成人を迎え自立した母たちが出ていってから、家具は対になるものは一つだけ残して捨てられ、食卓に添えられた椅子も一つしかなかった。辰子が座った位置からちょうど二階へと続く階段が見える。手摺に貼られた蛍光シールが見る角度によって、暗闇から窺う獣の目のように光った。

階段の途中の段に、遺影にするにはあまり適切とは言えない、派手な服と化粧のばあちゃんの写真が額縁に入れられ立てかけられている。サイズのせいか見ようによっては小さな個展会場のように置かれているそれは、シャンソンを嗜んでいた時期がばあちゃんにあったことを示している。元は気乗りせずに社交ダンス場について行ったところ、じいちゃんが見知らぬ女の腰に手を回して踊っている様子に、妙な嫉妬心を焚きつけられて「何か私も芸術をやる」と言って始めたが、その頃のばあちゃんにはとりわけシャンソンに身を入れるほどの情熱はなかったらしい。寧《むし》ろ本格的に始めたのはじいちゃんが亡くなった後からのことで、だからばあちゃんの上達した歌をじいちゃんに聞かせる機会はなかった。

「あの人が最後になんか言ってたことある?」

母が誰にともなく尋ねた。

「戦争、災害、疫病を経験した私は三冠王、って言ってた」

辰子が答える。

「三冠王」純矢が掠れた声で鸚鵡《おうむ》返しに言った。痰が絡まったのか咳払いをして、「たくましいな、そう思うと」と付け足した。

「納骨場所のヒントになりそうなこと、言ってなかった？」

「特に聞いてないと思うけど」

ばあちゃんに纏わる日常の話はどれもこれも特別なようで、特別じゃない感じがして、つかみどころがなかった。ウイルスは着色されていたほうがわかりやすくていいだとか、唐揚げを作ったときに余った油を植木鉢に流したら何かが生えてきたとか、そんなどうでもいい話ばかりが咄嗟に思い浮かぶ。それに、最近はふと気がついた時にはすでに話は脱線していて「自分は外国から盗まれてきた人間なのかもしれない」を繰り返していたので、もはや常套句と化したばあちゃんのそんなぼやきに、真剣に耳を傾ける者はいなかった。

「これ、目、どうなっちゃってんだろうね」

紫煙を燻《くゆ》らせながら叔母が階段の写真に目を向けた。

「まあ舞台メイクだから」

鴉の羽を毟《むし》って取り付けたような帽子をかぶり、瞬きをするたびに風が起きそうな睫毛をつけた目を、ぎょろりと見開いているばあちゃん。

「照明とか明るいから、顔の濃淡をはっきりさせないとだし、遠目で見て綺麗に仕上がっていれば良いんだよ」

「でもこれを自分では美人って思っているんでしょ？」

「別にそうは思っていないんじゃない」

そんな話をしていると、「どこに納骨するか決めないと」と純矢は小上がりになった仏間から延びる階段に足を広げて座り、スマホをいじりながら会話をまとめようとする。

「父さんのところで良いと思う」

母が断ち切るような口調で言った。

「うーん」

「そもそもの出生地もわからないし」

叔母が「まあねえ」と唸った。

ばあちゃんの出自に関しては一度、母が家系図作成代行業者に頼み、国会図書館や外交史料館、防衛研究所、郷土資料館と手当たり次第にあたったことがあった。それでもばあちゃんは施設に拾われるまでこの世には存在しなかったようなものだから、ルーツがわかるはずもなかった。

ばあちゃんの母ソノは、元は東京の四谷に住んでおり、裕福な墨問屋の一人娘として大切に育てられた。ばあちゃんの父である雅之もまた、野田で古くから代替わりを続けてきた質屋の人間で、ソノより十六も年嵩だった。当時は足入れという嫁修業のお試し期間があったがソノは体が虚弱で、三度の足入れをしたが身ごもることができず、結婚適齢期と言われている年齢を過ぎ、気づけば未婚のまま三十を迎えていた。悩んでいたソノを見兼ねた両親に紹介されて結婚したのが、雅之だった。雅之は生真面目で仕事に熱心で、性的交渉にも淡泊であった上に、子供に執着をしない人間であった。施設から子供を貰うことに至ったのは、ソノの提案からだったという。

辰子が考え込んでいると、母は首を力強く横に振って「同情なんかするんじゃないよ」と唐突に言い放った。

「あんたは知らないかもしれないけれど、あんたは可愛がられていたかもしれないけれど、あの人は人間としては、かなりひどいんだから」

うん、と辰子はうなずいて遠慮がちに純矢の方を見遣るが、純矢は床を見つめたままだ。確かにばあちゃんに可愛がられていたのは、純矢でも母でもなく、主に辰子なのだ。母は気にせずに続けた。「……元々、子育ても丁寧なほうではなかったし。私が小学生の頃ね、あの人が仕事で中国に行く父さんについて行ったとき、日本に帰りたくないって言ってごねて、飛行場でずっと騒いだっていうんだから呆れたのよ。ほんっとうに呆れた。妹の世話も家事も全部私に丸投げして、何を勝手なこと言ってんだかって話よ。しぶしぶ帰ってきて、父さんが「みんな母さんに優しくしてやれ」だって。ほんと、何様なのよ」

「そんな昔のこと言わなくても」

またはじまった、と言わんばかりに、叔母が分厚いため息を辰子の代わりに吐くと、煙草を灰皿に押し付けてまた一本吸い始めた。

「でも、納得したの。産むだけ産んで子育てにも無頓着で、自分の子供なんて全く興味がないってことについてはもう、諦めたの」

「うん、わかったよその話は」

「だから私たちが、あの人の得体のしれないわがままに懸命に付き合う道理はないってこと。わかる？」

「わかったって」

ばあちゃんは鼠径ヘルニアで、発作的に激しく痛みが増すとときどき弱音を吐いていた。ヘルニアに悪いと言われる煙草を容赦なく体に取り入れるので、痛みは悪化するばかりだった。おかしなことに、そうして招き入れた痛みを、どこか達観したように受け入れる節もあり、「身体を気遣うことよりも痛みと仲良くするほうが手っ取り早い」と吐き捨てるように言っていた。痛みは湯で全身を撫でることで落ち着くらしく、壊死する可能性を医者から示唆されたこともあり、朝晩の入浴はばあちゃんの長年の習慣と化していた。

浴槽で丸まったまま、ばあちゃんは死んでいた。

もしかしたら、痛みに悶《もだ》えている最中だったのかもしれない。

発見したのは仕事帰りに寄った純矢で、電話口から溢れる吐息に、気が動転していることがよくわかった。辰子が慌てて駆けつけた時には、バスタオルをかけられて脱衣所に裸で横たわっているばあちゃんの横で、純矢は体育座りをしていて、「死んでるのがわかってても、救急車を呼ぶもん？」と膝に顔を埋めた。結局、後からやってきた母が警察に電話をして、その場を取りまとめた。冷静になろうと努めていたけれど、母の声が震えているのがわかった。

今、辰子は弛んだ母の皮膚をあらためて見つめている。母の顔に、ばあちゃんはいるだろうか。辰子は架空の定規を母の顔の真ん中に当てて、頭部から顎先にかけて真っ直ぐに一本の線を引いてみた。眉尻の毛の抜け落ちた部分をアートメイクで補塡し、三本の横皺が入った額にフィラーを注入してみる。脂肪吸引とエンブレイスＲＦで弛みを引き上げるだけで相当に見違えるだろう。そして広頸筋《こうけいきん》にボトックスを打ち込むことで首筋の筋張った血管のような線が消えて若返る。これは、ほとんどばあちゃんから学んだことだ。ばあちゃんが人間を、見る目だ。そうすると、母の顔はばあちゃんとも辰子とも離れ、誰でもない顔になっていく。福笑いと同じで、一つを整えるとそのほかが崩れていってしまうような、継ぎ足した施術によって次の顔の基本が形成されていくような、大掛かりなことをはじめてしまった感覚が錨のように胸に降りる。

母も脆く弱い。そして老いた、と思う。

「取り敢えず、骨壺は私が持って帰るから」

と母が言い、解散となった。

庭の木の枝には夕陽が引っかかっていて、風に揺れて、ことんと落ちてしまいそうだった。木の傍には、割れた鉢植えが隙間なく並んでいる。もともと何が咲いていていて土の中には何が残っているのか、見た目では全くわからなかった。

どこからが本当に自分自身のものなのか、辰子にはわからない。言葉も、見た目も、身に着けるものも、その動きも、誰かの真似だったり、何かの影響を受けていたり、本当の自分に由来するものではないような気がする。何一つとして純粋に、自分だけのものとは言い切れない自分が、一体何者なのかだなんて断定できるわけがない。だから、ばあちゃんに限った話ではない。ばあちゃん宅からの帰り道、坂の途中の東屋を通り過ぎる辺りで、道端の石仏の首に絞めつけるようにして巻かれた赤い前掛けが、風で捲れあがっているのが見えた。

日が沈んできて目に強い西日が差し込み、運転中の母がサンバイザーを下げる。前方では雨が降っているが、遠くの方では雲の合間に既に星が瞬くのが見えた。形を整えなくても星は光るから綺麗なのであって、初めからばあちゃんも発光できていればよかったのではないか、と思った。

道の駅を通り過ぎたところで速度が落ちる。

車体が塀に寄った。

母は体を起こし、バックミラー越しに後方を熱心に確認していた。

また、見えないものを見ている。

「違うと思うよ」辰子はブロック塀の隙間から飛び出した草を見遣る。

「いや、さっき、確実に乗り上げた感じがあったでしょ。ぼこっとしたの、タイヤが」

時折まとまった雨の雫が、電線からぼとっと落ちてフロントガラスに叩きつけられた。

ミラー越しに母と目が合った。不安げに母の視線が揺らいで、車の端と端とを行き来する。

「ちょっと待ってて」辰子はシートベルトを急いで外して車から降りると、車の後方へと歩く。数歩進むだけで毛先がしっかりと濡れる、十月のぬるい雨が降っていた。

辺りは人気のない住宅街で、急勾配となった細い道には幾つもの死角があり、安全ミラーが並んで左右の道を映している。

灰色に沈んだ風景に、街路のウメバチソウが発光したように白く光っていた。

子供の飛び出し注意の看板があり、近くにはコインパーキングがあった。

その出入り口が縁石で盛り上がっていて、対向車が来れば乗り上げてしまうほど道幅が狭い。小走りで車へと戻る。

「何度も言っているけど、そんなに不安になるなら自転車にしたら」

母が何か言いかけるのを制するように、「何もなかったよ」と辰子は言い足した。

「不安なことを全部取り除いていったら、私にはもう、何もなくなるし、何もできなくなる」

「そっか」

「うん。あの人みたいになっちゃう」

「でもさ、轢いたことに気づかないほど、人間も車も鈍感にできてないよ」

「うん。わかってる」

「わかってるんだ」横顔の母の頰の色はくすんでいた。「轢かれたのに、どっかに行ったりしないよ、人間は」

「……ここから、任せてもいい?」と母は首を傾げる。辰子は束ねた髪を揺らして車を降り、母は降りて助手席へと回る。

車を家の車庫に停めると、母は車体の周りを回ってそこかしこの点検をし始めた。神経症、強迫性障害、という言葉が浮かんだが、それはネットで検索して出てきた言葉で、辰子も母も口に出したことはない。母を象る言葉として一致するようで、しかしその言葉に引っ張られるように行動が固定されることを恐れて、それ以上の情報を辰子は見ないようにしていた。バンパーについた、草木が掠ってできた古傷が今この瞬間にできた新鮮で真新しい傷のように、飽きもせずに母は目で撫でていた。きっと、ばあちゃんのことで動揺したのだろう、と辰子は思う。道路を隔てた向かいの家に停めてある車の下で、猫が雨宿りをしているのが見えた。こちらが少し動くだけで、驚いた猫の影も横に跳ねた。猫は濡れた地面を這うように走りぬけ、身を翻しながらコンクリート塀へ駆け上がった。

＊

口の中のミンティアを、舌で入念に転がす。

店舗が近づいてきて、辰子はマスクを取った。

路地の隙間に入って手鏡をカバンから取り出すと、風で少し乱れた前髪を直して、イーッと唇を持ち上げた。前歯についた赤いティントを舌先で拭って、もう一度辰子はイーッをする。ティントの色素が歯にこびりついてしまっていたから、ティッシュを指先にはめて拭きあげる。

二人で開催予定だった今日のDVDイベントに、みぞれちゃんは参加しないという。イベントを繰り返すたび、確実に固定ファンを増やしているみぞれちゃんと違って、辰子のファンはほとんどいなかった。たまにSNSでイベントのことを知った若い大学生の男の子たちが来ることがあっても、彼らが投じてくれるDVDの購入枚数はたかが知れていた。一度の参加だけで満足してしまうからか、満足がいかないからか、辰子は根強い固定ファンを獲得できずにいた。水着姿なのに脱力して腹を引き締めることもないまま「ありがとーございまーす」と語尾を伸ばしてダラダラと喋り続けるせいもあるのだろうが、辰子にはそれが、やる気のない対応を意味してしまっているとは、まるで感じられずにいる。

昨晩、マネージャーから「みぞれちゃん、まあ、あんなことになっちゃったから」と少し曇った声で電話がかかってきた。今はみぞれちゃんじゃないか、まあ普通にグラビアの名前を使いたくもないんだろうけど、と続いた会話はそこで途切れた。既に世の中に裸のみぞれちゃんが出回っている今、彼女がこのイベントに参加することが現実的に厳しいということは、辰子でもよくわかった。

新しいマネージャーが、すでに店舗の前に立って背を丸めてスマホを見つめている。昼すぎなのに「おはようございます」と業界用語で挨拶をする。マネージャーは顔を上げてスマホをポケットにしまい込み「おはようございます」と軽く頭を下げた。この人たちはエンタメとか芸能とかそういう輝かしい言葉に惹かれて群がってきて、蓋を開けてみれば思っていた以上の業務過多と、休日にもひっきりなしに連絡が来るという現実との落差についていけずに、すぐに辞めてしまう。辰子は彼らに期待しないが、辰子もまた彼らに期待などされていないのだろう。頼りなげに従業員入口を探している彼を見て、辰子は受付入口の方へと一人で足を進める。

狭いスペースに所狭しとパイプ椅子が並び、一段高く設けられた簡易的なステージの上に辰子は立っていた。饐えた臭いが室内に充満していた。臭いの発生源はわからないまま、ファンが一人部屋から出ていくとまた一人入ってくる。空気が循環している感覚はなく、感情も対応もこの場に停滞し続ける気がした。柔軟剤。ワキガ。無臭。歯がない。あ、前と同じ服着てる。お気に入りなのかな。辰子はかろうじて匂いと特徴で人を分類し、あだ名を尋ねるものの、特徴をまるで捉えることのできない似通ったあだ名の全てを覚えることはできない。

ファンの人がむけてくるカメラは乱暴で、辰子は苦手だった。頭上から降り注ぐ強い照明のせいで辰子の目の下には陰影ができ、客のリクエストに律儀に応じて喋りながらポーズをとっていると、動画のように細やかに動く辰子がデータとして絶え間なく保存されていった。一つめのポーズと二つめのポーズが刻まれる間のわずかな隙間も見逃してはもらえず、その瞬間の辰子は相当に不細工に写ったが、そのことよりも、目の前に一定の間隔で置かれたパイプ椅子にポツポツと座っている人たちが退屈そうにしていることが辰子は気になった。壇上で水着のままポーズをとる。可愛くやって、セクシーに。次は胸を寄せて。前屈みになって。じゃー振り向いて。しゃがんで。言葉は絶え間無く放たれるのに、辰子の頭の中はやけに静かだった。飛び交うリクエストに呼応して、人差し指で唇を押してみたり、谷間を作り指でハートマークを表して、前屈みになる。ビキニの紐の位置がずれてきているのがわかり、ちょっとごめん、と両手を合わせて軽く頭を下げると後ろを振り返った。

その隙にもシャッターを押す音が聞こえる。

「大丈夫だよ、覚えてるはず」

パッケージにサインと日付を書き込み、宛名に悩んでいるときに客にそう告げられて、辰子は言葉に詰まった。走らせていたペンの先を止めて、デスクの前に座り込んでいる男の目を見つめる。ツーショットの撮影の時に、腕を組んで、と言われたことと、じっとりと汗をかいていることがシャツ越しにわかったあの感覚だけが、体に鮮明に思い起こされる。辰子の胸に傍目からはわからない程度で肘を押しつけていたことも。

股を開くみぞれちゃんの痛みと、被写体となって人々の欲情が入り込んでくる辰子の痛みには、どのくらいの違いがあるのだろう。辰子にはわからなかった。痛みを知覚できる基準は、人によって違う。でも、それぞれの痛みを見下したり馬鹿にしたりしながらも、自らが受ける痛みに喘いでいる。みぞれちゃんは今そういう状態なのだろう。

「ワ行、だったりする?」辰子が痺れを切らして尋ねた。

「違う」と男が強く言い放った。唾が顔にかかり、指先でその湿り気を押さえる。少し経ってから「……もういいよ。名前、たっちゃんね」と男は言って、わざわざ名前の書かれた紙切れをデスクの上に乱暴に置いた。

「なんか昔のほうがよかったなあ」

「えーなんで？」辰子は笑いながらも日付を間違えないようにと横に伏せていたスマホの待ち受け画面を表示させ、十月八日、と頭の中で復唱する。

「手が届きそうな感じがよかったのになあ」と男が冷めた口調で言った。

「じゃあ今は綺麗ってこと？」と冗談っぽく聞こえるように努めて返す。

「そうだね、垢抜けた。おぼこい感じがよかったんだよ」

「でももう過去には戻れないからね」辰子はシールを貼り付けるような簡単な感覚で笑みを浮かべた。

「あ、サインの横に、コメントも書いて」

「オッケー」

話すことと書くことを同時に行っていることを自覚した途端ちぐはぐになり、辰子の手元の動きが止まる。分離した別の作業を結びつけることができず、思考が乱れて会話に遅れが出る。

「コメント、なんて書く？」辰子が目を合わせると、男は少し不満げに口を開いた。

「大好き！　私でいっぱい興奮してね！　みたいなのがいいな。わかるよね、そういうの？」

「オッケー」

「セクシーなやつね。あ、あとキスマークも書いて」

「オッケー」

興奮、の字が潰れて上手く書けず、辰子は興奮の文字を黒く塗りつぶすと、その上から「コーフン」と書いた。

「なんかこれビーフンみたいじゃない？」

辰子が愉快な気持ちでそう言って顔を上げると、不満げな客の顔が赤らんでいるのを見て、たまとじのビールを投げつけたあの客を思い出す。興奮して赤らんで膨らんでいく、あの一連の顔の動きがその男に今にも宿りそうで、咄嗟に辰子の口角は上がった。腕を伸ばし、男の肩に手を置いて「いつもありがとうね、たっちゃん」と首を傾けながら微笑んだ。気勢を削がれたのか、男の顔から赤みが引いていった。

「時間です」とマネージャーが男の胸の前に腕を差し出して遮った。

辰子が両手で差し出したサイン済みのパッケージを受け取ると、男は満足げな笑みを浮かべて「また来るね」と片手を挙げ、リュックの中から透明のファイルを取り出してそこにパッケージを差し込み、立ち上がった。重みのある黒いリュックサックが視界から消えて、次に待ち構えていた客が辰子の前に滑り込んでくると、気づかれないようにそっと息を吐いた。

ファンによってSNSにアップされたイベントの写真では、下から撮られたせいで、貼られたニップレスの縁取りが少し見えてしまっていた。SNSのアカウント名から、最後にやりとりをしたあの男なのだろうか、と思うものの、そのうちに、また男の名は忘れてしまうのだろうとも思う。みぞれちゃんと二人で並んで撮影された告知のポスターの写真に、みぞれがいないと意味ないイベント、と書き込まれている投稿を辰子は目で追う。

前にイベントをやったとき、精子のついた手で握手されたんだよね。最初はヌメヌメするなあ、って感じだったんだけど、臭いが変で。でも、そんなわけがないって思ってしまったというか。無知すぎたというか。性善説で対応していると、痛い目に遭うっていうのは、とりあえずわかった。みぞれちゃんがそう言ったのは、いつのことだったか。

アプリを開いて、昨日から未読のままのメッセージに目を通していく。どこかで期待していた。けれど、みぞれちゃんからは連絡がきていなかった。

＊

薄青色の空に、消えそうな雲が張り付いている。

ばあちゃんの地図は、グーグルマップと一致しなかった。

ないはずの道があり、あるべきはずの道はなかった。

過去の記憶から抽出されたばあちゃん特製の地図には、ところどころに書き込みがされていて、「色々と分かりづらく書きましたが寒いので一旦ここで」と震えた小さな字が添えられている。縮尺は適当であったし、記された建物や店も現在と一致するものが神社以外にはほとんどなく、ばあちゃんの思い入れのあった写真館はトランクルーム、草履屋は駐車場へと殺風景に様変わりをしていた。

　辰子の目に映るのはほとんどのシャッターが下ろされて寂れた灰色の商店街だが、ばあちゃんの子供の頃は、駅を出た途端、醬油の強烈な匂いが鼻を衝いたらしい。ばあちゃんから何度も聞かされたその光景を、辰子は目を閉じて思い浮かべる。薄い木製扉を開けたまま桶に長い棒を突き立て、老婆と子供が、代わる代わる何かを搔き混ぜている。醬油のもろみだ。漆黒の液体は攪拌されるたびに優しく小さな渦を巻き、泡を含んで縁に押し寄せると、傍に立つ二人の談笑から放たれた唾が煌めきながら落ちていき、また搔き混ぜられていった。醸造家の邸宅だった醬油御殿は改築工事を行った後、今では郷土資料館になっている。大河ドラマや映画撮影のロケーションとして使われていることもあって、未だに地域の人間によって手入れされて保管されていた。この町に住む人々の生活は、その醸造家を大きな幹として枝葉のようにぶら下がっていた。

黒々とした土と黄金色の土の混ざった田園の畦道を抜けると工場が林立し、ばあちゃんの地図を改めて見直す。……蕎麦屋、ある。……煙草屋、ない。薬屋はあるが新設されたものかもしれない。火を起こすために調達しようと、枯れ枝を友達とかき集めていたらドロボウと罵られ慌てて逃げ帰った、ばあちゃんが農家を嫌う原因となった曰く付きの雑木林は、まだある。

——家までが遠いので帰るのが嫌だと涙した昔、ここは川でした。

——今はないようです。

——通っていた図書館は千葉銀に変わりました、立葵の花が多く咲いていたのですが。

——野田橋、をよく渡りました。

地図の端の方に書き込まれていた独白のような数行の文は、地図を補足するにはあまりにも頼りない記憶だ。用水路に架けられた橋の近くにも、小さな祠があった。辰子は手元に広げていたA４サイズの地図を、折り目に沿って片手で畳む。

仕事終わりの純矢とエスニック料理屋で合流した。

給料日後なので奢る、とラインがきたのは昨晩で、土曜のせいか昼のピークを過ぎた時間にもかかわらず店内は賑わっていた。ダブルカレーセットを頼むと、腕に蛇の刺青をいれた店員がお盆を二つ運んできて「あっちいよ、気をつけて」と乱雑にテーブルに置いて去っていく。純矢が笹のようなもので包まれた餅米を開きながら、「今日、大変だった?」と尋ねてきた。純矢に頼りっきりになるのが悪くて、今日は代わりに、辰子がばあちゃん宅の遺品整理の手伝いをしてきたのだった。地図はその時に出てきたもので、鞄から取り出して広げて純矢に見せると「すごい書き込まれてるね」と凝視しながら、マサラスープに口をつけた。

「ばあちゃんの家の中はどうなったの?」

「物置き部屋も、母さんたちがほとんど整理してくれていたから特にやることなかったよ」

「全部空っぽ?」

「うん。今朝業者が来て、ほとんど処分してもらったよ。残ってるの仏壇と神棚くらい」

「それにしてもあの家、売れないだろうなあ」純矢が渋い顔をした。「立地が悪いからね、古いし」

失礼しまーす、セットのメニューでーす、と女性の店員がデザートを置いた。純矢の背後の壁には格闘技のポスターが貼られていた。店内の有線で流れているのはK－POPで、辰子はとあることを思い出す。

「そういえば今度、海外行くよ」

「まじ? すげえ」と純矢が顔を上げて「いいなあ」と付け足すように呟いた。

「と言っても、代打みたいなもんだけど。拘束日程が長すぎて、犬を預けきれなくてダメになっちゃった子がいて。その子の空いた分どうかって言われたの」亜美さんから、どんどんチャンスを広げていこう、と届いたラインのコメントを辰子は思い出す。

「海外かあ、楽しそうだなあ」と純矢はしみじみとした口調になる。「やっぱり転職考えようかな。そういう刺激、俺も欲しいわ」

刺激なんてものはないよ、と言いかけたが、辰子はなんとなく言葉を押し殺す。

「ばあちゃんがいなくてもやり甲斐って感じるものなの?」純矢が餅米を口に運びながら悪気のない口調で言ったので、辰子は首を傾げた。

「何が? 仕事?」

「そう」

「あるよ、別に。それに私、向いていると思うし、この仕事。まあ、どこの仕事に行っても怒られるのは、結局一緒だし。ばあちゃんのためにやっていた、ってわけでもないよ」

「そっか」と純矢はカレーのルーに突っ込んだままだったスプーンを引き抜いてなめとると「そう言い切れるのってすごいな」と苦笑いした。

「俺はようやくばあちゃんの呪縛から解放された気分だよ」

「もう、こき使われないもんね」

「まあちょっと寂しいけど。でも頑張らないと、俺も」

「あの女の子とは上手くいってるの?」

「連絡だけ」純矢は少し顔を引き攣らせた後、「まあでも、どうにかなるでしょう、これも」と投げやり気味に言った。

会計を終えると強面の刺青を入れた店員が慌ててやってきた。よかったらサインください、と色紙とマジックペンを手渡されたので、辰子は面食らった。渋々、そこまでデザインを凝らしていないサインを書いていると、横から覗いていた純矢が「……サインっていうか、楷書じゃん」とぼそっと小声で吐いた。丸い字で書かれたそれを見た店員は、しかし嬉しそうに「ありがとうございます」と言って、両手で受け取ってくれた。

＊

小雨がシャワーみたいに降り注ぐせいで、海は黒く沈んでいた。

暗雲が蓋をしてろくに光が届かない海の一角を、ボートが一定の速さで進んでいる。午後にかけて雨脚は更に強くなる予報が出ていたが、葬儀屋は「これくらいなら出航は出来ますから」と励ますように言った。

生憎の空模様の四十九日だった。

海洋散骨しよう、と言い出したのは辰子だった。母と叔母と純矢からは、火葬を執り行ったあの日とは違う沈黙が返ってきた。「……全部撒くってこと?」叔母はしんみりとした口調で言った。

「そうなると、もう本当に会うこともないね」

「まあ海だったら、他の国とも、どの陸とも繋がってるし」

「屁理屈な感じもするけど、いいかもね」母は頷いた。

「ばあちゃんの、というか人間の起源ってことか」純矢がささくれだった唇の皮を、指先で丁寧に横に引っ張りながら言う。

白いボートに乗り込んだ母は相変わらず落ち着きがなかった。停泊所はすっかり彼方へと消えてしまい、打ち寄せる波に乗りあげるたびにボートは随分と揺れた。沖合に着いてボートが止まると、純矢は既に酔ってしまったらしく、レインコートをはだけたまま耐えるような表情を浮かべて、中腰の微妙な体勢で隅っこに屈んで吐いていた。

ポチ袋ほどの大きさの紙の中に、粉砕したばあちゃんの遺骨が入っていた。骨は自宅でも棒などで叩いて粉々に出来るとのことだったが、全員が口をつぐんで、何かの罰が当たりそうで不吉だということになり、やはり業者に頼んで、ばあちゃんをサラサラの粒子に変えてもらった。水に溶ける紙なのでこのまま流してもいい、と葬儀屋が言った。

「せっかくだから、最後に風にでも当ててあげて」

辰子が袋のまま海に投げ入れようとすると、母の腕が伸びてきて辰子を止めた。

折り目を広げ、粉骨が落ちないように気を付けながら、お椀の形にした掌に取り出して握る。火葬の時には感じなかったのに、砂でも珊瑚でもない、これこそは骨だとわかった。

手の蕾を少しずつ開いていくと、あっという間に半分以上がまとまって風に持っていかれた。水面に落ちたのかどうかまでは見えなかった。

残りも一瞬で舞い上がると中空で溶け、海の色とばあちゃんは同化した。叔母が念じるように袋を両手で額に押し付けてから海に放った。袋はしばらく海面に浮かんでいたが、小雨に打たれ、ゆっくり水を含んで沈んでいった。

小学生の時に習った食物連鎖という言葉が辰子の頭の中に浮かぶ。海洋生物が獲物を水と一緒に飲み込み、その生物をまた何かの生物が食し、辰子たちの食卓の皿の上で寝そべり、食されて血肉へと変わる。ばあちゃんの骨は果てしない循環を経ても、一生辰子の口にたどり着くことはないまま、底に沈んで穏やかに水に撫でられ続けることだろう。

「いっちゃったね」

叔母がボートの縁から海面を覗き込んだ。

ボートは骨を撒いた場所の周りを、ゆっくりと旋回し始める。また次にここに来る頃には、すでにばあちゃんは流れていってしまって、もっと遠くへと移動しているだろう。

「うん、さようならだ」

「父さん、一人にさせやがって、とかもしかしたら怒るかもね」

「わかっていたんじゃないの、そういう風になるって」

「ほんと、どこから来たんだろうねあの人」

「もうなんだっていいよ。みんな、どうせいなくなっちゃうんだから」

粉骨を包んでいたのと同じ種類の紙に、四人がそれぞればあちゃんに向けた最後の言葉を書いた。母が「出来ることは全部やろうよ」と珍しく前向きに指揮を執ったことで、折りたたまれて今、四つの鶴の形になっている。辰子の大きな文字が透けて見えている。食べ物や酒を骨と一緒に流して追悼できると言われたが、ただでさえ海を汚してしまっている感覚があるからと、母たちはそれを拒んだ。一番好きだったのは音楽だろうし、と言って叔母がばあちゃんの十八番をスマホから流す。愛人は愛人でしかいられないとか、男に捨てられたとか、のびやかに鬱屈とした歌詞を歌い上げる和訳されたシャンソンが響いて、最後のメロディに突入した時、汽笛が鈍く鳴る。

「黙禱」

手を合わせ、目を瞑り、水に向けて祈る。

ばあちゃんの、顎の下に溜まった肉が笑って揺れる。

醜いものを見ると、辰子は昔から胸が苦しくなった。河川敷で辰子が嘗て見つめていた子供も、母もばあちゃんも、形は違うのに、どこか似ている。醜いものがとてつもなく無力であるような気がして、触れてはいけないものだとも思っていた。しかし最後の姿は、この骨は、まるで一緒なのだ。

「終わった」と頭上から母の声が降ってきて、顔を上げた。

「曖昧にしてしまったとも言えるけれど」

ボートが舳《へさき》を返し、停泊所に戻っていく。小雨が止み、海に降りる光がいくつかの筋となって見えた。いつも食べ物をもらっているのか、鷗がボートについてくる。船上の錆びた手摺についた糞を見て、母は思い出したように、消毒用のアルコールを鞄から取り出して両手に揉みこみ始めた。

掌が、ばあちゃんでざらついていた。

辰子は舌先を出して、少しだけ粉を舐めとる。

身体の中に、たしかに入っていく感触を感じた。

帰りにボートが受ける波は穏やかだったので、揺れなかった。空と海が透き通るような色で繋がる頃、純矢が「あー腹減ったあ」と小さく叫んだ。

初出　「群像」二〇二四年八月号

紗倉まな（さくら・まな）

1993年、千葉県生まれ。工業高等専門学校在学中の2012年にSODクリエイトの専属女優としてAVデビュー。著書に小説『最低。』『凹凸』『春、死なん』『ごっこ』、エッセイ集『高専生だった私が出会った世界でたった一つの天職』『働くおっぱい』などがある。初めて書き下ろした小説『最低。』は瀬々敬久監督により映画化され、東京国際映画祭にノミネートされるなど話題となった。文芸誌「群像」に掲載された『春、死なん』は、20年度野間文芸新人賞候補作となり注目される。

うつせみ

2024年12月3日　第一刷発行

著　者　紗倉《さくら》まな

発行者　篠木和久

発行所　株式会社講談社
〒112-8001　東京都文京区音羽2-12-21
電話　出版　03-5395-3504
　　　販売　03-5395-5817
　　　業務　03-5395-3615

印刷所　TOPPAN株式会社

製本所　株式会社若林製本工場

◎定価はカバーに表示してあります。
◎落丁本・乱丁本は購入書店名を明記のうえ、小社業務宛にお送りください。送料小社負担にてお取り替えいたします。なお、この本についてのお問い合わせは文芸第一出版部宛にお願いいたします。

KODANSHA
ISBN978-4-06-537840-3